もしもパワハラ上司が
ドラゴンにさらわれたら

蒼 月 海 里

もしも
パワハラ上司が
ドラゴンに
さらわれたら

CONTENTS

プロローグ

会社に出勤して、今日で十日目になる。

ブラインドの隙間から見える太陽が黄色い。今日もまた、徹夜をしてしまった。

パソコンのモニタに映る自分の顔が、無人島生活者のようになっていた。髭《ひげ》は伸び、眼窩《がんか》は落ち窪んでいる。

オフィスからは、キーボードを叩《たた》く音だけが聞こえていた。おれの他にも、必死になって仕事をしている人間が何人かいる。

みんな、おれと同じように光のない目をしていた。机には栄養ドリンク、ゴミ箱にはカップ麺の空き容器が重なっている。

デスマーチは、現在進行形で続いていた。

「おい、我妻《がさい》。我妻浩一《こういち》」

午前九時。オフィスに出勤してきた上司の小瀬村《こせむら》がおれを呼ぶ。三十五歳独身の、大柄な男だ。本人曰《いわ》く、空手は黒帯まで行ったらしい。知るか。

「仕事の進捗はどうだ？」

「はあ。まあ、納期には間に合うんじゃないでしょうか……」

「よしよし。お前みたいな優秀なITエンジニアを採用出来て良かったよ。お前も、新卒でうちのゲームの開発を任されるなんて、誉れ高いだろう!?」

「ははは……」

ゲームといっても、実に単純なアプリゲームだった。

カードを集めるだけだったり、パズルをするだけだったり。ちょっとした時間に、ちょっと出来る程度のものばかりだった。

でも、おれが開発したかったのはそういうゲームじゃない。広大なフィールドを歩き、複雑なダンジョンを潜り、経験と知恵で敵を倒し、且《か》つ、リアリティのあるグラフィックのゲームだ。

「因みに、小瀬村さん」

「あん？」

「残業手当ってどうなるんです？　おれ、もう九日も家に帰ってないんですけど」

一瞬にして、小瀬村の表情が冷ややかなものになる。

しかし、それは刹那のもので、すぐににこやかさを取り戻した。

「残業手当もなにも、うちはみなし残業の手当があるだろう」

つまり、既に給料に盛り込まれているというのだ。

「いや、それにしても、九日ですよ。九日。その間、ずっと仕事をしているんですよ？」

「でもお前、会社で飯を食ったり、会社のシャワーを使ったり、寝たりしてるだろ」

「それを省いても、一日十九時間は仕事をしていると思うんですけどね⁉　そう考えたら、時給幾らになるんですか！　学生のバイトの方が、よっぽど稼いでますよ！」

叫んでから、ハッと気付く。キーボードを叩く音は、やんでいた。今まで仕事に没頭していた先輩社員が、屍《しかばね》のような顔でこちらを見ている。

小瀬村は、「やれやれ」と溜息を吐《つ》いた。

「仕方ないだろ。うちはそういうところなんだから。じきに慣れるって」

小瀬村が肩を馴《な》れ馴《な》れしく叩く。

「それにしても、今日で十日目か。流石《さすが》に、ちゃんと風呂に入った方がいいぞ。くっさいしな！」

小瀬村は悪びれもせずに笑った。

「あ、そうそう。お前らに土産だ。これを飲んで、元気になれよ」

小瀬村が手にしていたコンビニの袋から、栄養ドリンクの瓶が出てくる。次から次へと、明日も明後日も明々後日も徹夜をしろよと言わんばかりに現れる。

「お前らはホントに幸せだよな。こんな、部下想いの上司を持って」

部下を帰してくれない上司は、鷹揚に頷《うなず》いた。

そもそも、おれは本格ＲＰＧを作りたかった。そのためだったら、幾ら徹夜しても構わなかった。しかし、大手のゲーム制作会社に落ちまくり、卒業間近の三月、言葉巧みな会社説明とテキトーな面接で、おれはいつの間にかこの会社に入社していた。

というか、面接官は小瀬村だった。

「理系の大学で勉強してて、プログラミングは出来るわけか。で、ゲームの開発に携わりたい、と」

「はい」

「よし、採用。何なら明日から来いよ。卒業するまではバイトとして働けばいい」

という、面接時間三分、即採用のやり取りを、半年以上経った今でも鮮明に覚えている。

新卒で入ってしまったので、今辞めてしまうと経歴に傷がつく。会社を半年ちょっとで辞める、無責任で忍耐力がない人間だと思われてしまう。だから、辞めるわけにもいかなかった。

疲労のあまり、現実逃避の妄想が加速する。昔プレイしたＲＰＧの広大なフィールドが、疲れ切った脳内に拡がっていく。深いダンジョンが、沈み切った心の中に形成されてゆく。

数々のトラップや謎を乗り越えた先に、巨大なドラゴンが眠っている。それを倒すと、伝説の武器が手に入る。

そんな、古き良きＲＰＧのためならば、一生を捧げることが出来たのに。

事業内容に『ゲーム開発』と書かれていたので、てっきり、そんなゲームを作る会社だと思っていたのに。

　まさか、自分のリサーチ不足とはいえ、こんなところに骨を埋《うず》めることになろうとは。

「ん？　どうした、我妻。一本じゃ足りないか？」

　小瀬村は栄養ドリンクをぐいぐいと押し付けてくる。

「若い頃の睡眠は、二時間や三時間で丁度いいんだってな。残りの時間は働けば、社会にも充分貢献出来るだろ！」

「……ちまえ」

　栄養ドリンクをむんずと摑む。

「ん？」

「あんたなんて、ドラゴンにでも喰《く》われちまえ！」

　摑んだ瓶を投げ返そうとしたその瞬間のことだった。ブラインドから漏れた陽光がふっと消える。

　刹那、凄まじい音とともに窓が割れ、ブラインドが吹っ飛んだ。

　突風か。否、現れたのは、前脚だった。びっしりと鱗《うろこ》の生えた、真っ黒な前脚だ。

「ど、ドラゴンだ！」

誰かが叫ぶ。

そう、割れた窓の向こうにいたのは、真っ黒なドラゴンだった。金色の瞳を鋭く輝かせ、こっちをねめつけている。

「えっ？　えっ？」

状況が呑《の》み込めない。

寝てない所為《せい》で幻覚を見ているんだろうか。でも、そうではないらしい。家のベッドでたっぷりと睡眠を取ったはずの小瀬村も腰を抜かしている。

「うぇ、な、なんで」

うろたえる自称黒帯の小瀬村の身体を、竜の前脚がむんずと摑んだ。

「ひぇっ」

あの大きな身体が、ミニチュアのように見える。それをいとも簡単に持ち上げると、ドラゴンは大きな翼を羽ばたかせた。

「え、ちょ、小瀬村さん⁉」

「うわー、助けてくれー」

緊張感のない叫び声は暴風にかき消された。風がオフィスをなぶり、栄養ドリンクの瓶を薙《な》ぎ倒して行く。

「ば、ば、ばかな……」

おれはその場にへたり込んでしまった。

オフィスの窓にぽっかりと空いた穴と、遥か彼方に去って行くドラゴンの後ろ姿。それが、おれ達の目の前で起こったことが白昼夢でないことを証明していたのであった。

第一話　いのちをだいじに

窓に空いた大穴から、朝の爽やかな空気が流れ込む。どんよりとしたオフィスが、明るい日の光で満たされていた。

「なんてこった……」

床に散らばる窓ガラスと栄養ドリンクを眺めながら、おれ達は途方に暮れていた。

上司が消えた。ドラゴンにさらわれてしまった。

おれ達はまだ夢を見ているんだろうか。誰もがそう思っていた。先輩らはお互いに頬をつねり合っていた。

しかし、夢ではない。朝日の眩しさも、そよ風の優しさも、上司がいない解放感も、夢ではなかった。

「小瀬村がいなくなった……」

誰かが呟《つぶや》いた。その瞬間、誰もがその現実を受け入れた。

「俺達、帰れるのか……?」

「そうだ！　あいつがいなくなったから帰れるぞ！」

「二週間ぶりに風呂に入れる！」

先輩達は抱き合う。

おれ達を監視している上司は消えたのだ。おれも家に帰って、久しぶりに布団で寝たい。

先輩達は空になった栄養ドリンクの瓶をゴミ箱に放り投げ、次々とパソコンを閉じて帰ろうとする。おれもまた、久々の帰り支度をしていた。その時だった。

「何をしている」

ぬっと強面《こわおもて》の三十代の男が現れる。

社長だ。小瀬村ほど大柄でないものの、若くして起業しただけあって、歴戦の戦士のような風格を孕《はら》んでいた。

小瀬村には無い凄味を感じたおれ達は、一瞬にして縮み上がる。

社長は普段、別室で仕事をしている。だから滅多に顔を合わせず、生態もよく分からない。そんな人が、午前中に普通に出社していたなんて。

「そ、その、小瀬村さんがドラゴンにさらわれて……！」

先輩の一人が状況を説明する。どう控えめに見ても、第三者が聞けば、何を言っているのか分からない。社長は大穴が空いた窓を一瞥《いちべつ》しただけで、すぐにこちらへ向き直る。

「ふざけているのか」

社長の厳しいツッコミが入る。無理もない。

「ほ、本当ですってば！　ドラゴンが窓を突き破って、小瀬村さんを連れて行っちゃったんですよ！」

「あっちです。あっちに逃げました！　嘘だと思うなら、行ってみてくださいよ！」

「嘘だとは言っていない」

口々に弁解する先輩達に、社長はあっさりとそう告げた。

「プロジェクトもまだ終わっていないというのに、何をしているのかと問いたいだけだ」

「えっ、でも、小瀬村さんが……」

「マネージャーくらいいなくても、仕事は進められるだろう」

社長は、きっぱりとそう言ってのけた。小瀬村がいなくなったことや、ドラゴンはどうでもいいらしい。

「納期は厳守。終わるまでは帰るな。これは社長命令だ！」

暴君。

その言葉が頭に閃《ひらめ》いた。

「マネージャーがいなければ仕事にならないというのなら、今から私がマネージャーになる。お前達は、さっさと持ち場に戻れ！」

「は、はいぃ」

悲鳴に近い声で先輩達は席につく。パソコンを立ち上げ、必死になってキーボードに指を滑らせ始めた。

「おい。お前」

社長の声が、立ち尽くしていたおれを鋭く貫く。

「さっさと席につけ。それとも、この散らかった部屋でも片付けるか？」

床に落ちたガラスの破片を指す。そんな社長の顔には、冷笑すら浮かんでいた。

ここで席につけば終わりだ。

プロジェクトが終わるまで、絶対に家に帰れない。

それどころか、このプロジェクトが終わっても、第二、第三のプロジェクトがおれ達に襲い掛かるのではないだろうか。

「どうした？」

社長の声が苛立つ。

いつの間にか握っていた拳に汗が滲んでいた。

「しゃ、社長」

「ん?」

「お、おれ、小瀬村さんを探してきます!」

とっさに出た言葉が、それだった。パソコンに張り付いていた先輩達の視線がおれに集中する。

「そ、その、社員が一人行方不明だと、会社としても何かと都合が悪いと思うんです! それに、社長だってご自分のお仕事があるじゃないですか!」

「まあ、そうだな。だが、何故お前が探しに行く必要がある」

「おれは新入社員だから戦力的にも一番低いと思いますし、そんなおれが小瀬村さんを探しに行った方が、会社としてもいいのかなと思いまして!」

とにかく逃げたい。

その一心で、次々と方便を並べたてた。

社長は、まるで値踏みをするように、しばらくおれのことを眺めていた。しかし、

「まあ、いいだろう」とあっさり頷く。

「やった！　有り難う御座います！」

「必ず小瀬村を連れ戻せ。お前が言うように、私には私の仕事があるからな」

「はい！」

急いで荷物を抱え、自分のデスクを後にする。先輩達の恨みがましい視線が痛いが、気にしている暇はない。

自由だ。

おれは自由なのだ。

ビルから出た途端、朝日がおれを祝福してくれた。見飽きた東京のビル群も、この時ばかりは美しく見えた。

ありがとう、太陽。ありがとう、命。

取り敢えず、自宅に戻って風呂に入り、髭を剃ろう。ちゃんとした朝食を取ろう。

小瀬村を探すのは、その後だ。

九日ぶりに、シャワーではなく湯船に浸かった。身体の隅々まで、石鹸で洗った。

風呂がこんなにいいものだとは思わなかった。烏《からす》の行水と言われたおれだが、これならば三十分でも一時間でも入れそうだ。

髭も剃り、無人島生活者から爽やかなイケメンにランクアップした！

というのは、言い過ぎかもしれない。取り敢えず、フツメンくらいだとは思いたい。彼女いない歴は年齢と同じだけど。

冷蔵庫に入れっ放しだった賞味期限切れの牛乳は、酸っぱいにおいがしたので処分した。買っておいたジャガイモにも芽が生えていたので、これはベランダの枯草しか生えていないプランターに埋めた。もしかしたら、上手く育ってジャガイモが収穫出来るようになるかもしれない。ジャガイモなんて育てたことないけど。

買い置きのパンは、残念ながら黒ずんでいた。そのままにしておいたらバイオテロになりかねないので、速やかに捨てた。

無事だったレトルトカレーを温めて口の中に流し込み、缶詰のいわしのみそ煮を食べる。理想の朝食とはかけ離れているような気がしたけれど、カップ麺オンリーよりはマシなはずだ。

それから、ほんの少しの間、布団で仮眠を取った。布団が薄いのであまり寝心地が良いとは言えないけれど、会社のマッサージチェアで寝るよりはマシだ。

一通りのことを済ませて、おれの部屋があるビルを出る。すると、排気ガスのにおいと車の騒音と、どんよりと暗い世界がおれを迎えた。

おれの住んでいるビルは、高速道路のすぐ近くにある。その他の二方向も高いビルに囲まれた、日当たり最悪物件だった。

唯一開けている西側には、トイレと風呂が面していた。夏は西日がきつく、煮え滾《たぎ》るような熱気の中で用を足すという地獄のような仕様だった。

そんな場所の風景も、今日は格別に輝いて見えた。

さて、何をしよう。新作のゲームが出ていたはずだから、買いに行こうか。うちの据え置きゲーム機も、遊んで貰いたくてうずうずしているだろうし。

「って、いやいや！　上司を探すんだよ！」

すっかり忘れていたが、おれは小瀬村を探して会社に戻らなくてはいけないんだった。これは、つかの間の休息だった。

「……戻りたくないな」

正直言って、二度と戻りたくない。小瀬村を探して会社に戻れば、また、死んだような日々が待っている。

しかし、生活のために働かなくてはいけない。働かなければ、死ぬしかない。死にたくない。しかし、働きたくない。あの会社に戻りたくない。

「とにかく、ドラゴンが去って行った方を探してみるか……」

改めて口にすると、おかしな状況だった。

上司がドラゴンにさらわれたから、探しに行くなんて、とても現実的とは思えない。そもそも、ドラゴンってなんだ、ドラゴンって。

瞼を閉じて、小瀬村がさらわれた時の状況を思い出す。

しかし、何度思い出しても、あれはドラゴンだった。不埒《ふらち》な誘拐犯や、反政府組織の類ではない。それに、着ぐるみにも見えなかった。ドラゴンの表皮たる鱗は、どれも生々しく、飛び去る姿はゲーム以上にリアルだった。

何故、現実の世界にドラゴンがいるのか。あれは、ファンタジーな世界の生き物ではなかっただろうか。

もし、その姿を画像や動画に収めることが出来たら？　更に、捕まえることなんて出来たら？

「そりゃあもう、世紀の大発見だよな」

一躍有名になり、テレビに出られるかもしれない。ツチノコ以上の賞金が貰えるかもしれない。そしたら、働かなくても良くなるかもしれない。

「よし。ドラゴンを捕まえに行こう」

上司を助けるのは二の次だ。

「それにしても、どっちに飛んで行ったんだっけか」

大体の方角は覚えているが、何せ、ここは東京だ。高い木々に岩肌の山々が乱立しているファンタジー世界のように、入り組んだ場所だ。

こういう時に役に立つのは、ＳＮＳである。早速、『ドラゴン』と『飛んで』という二つのワードでウェブ上を検索した。

「あった！　マジで出て来た！」

上空を飛行するドラゴンの画像が、ウェブ上にアップロードされていた。手ぶれをしているものや小さく写っているものもあったが、鮮明な画像もある。

どう見ても、会社に現れたドラゴンだった。

投稿者達は、どこぞの企業が飛ばした宣伝用のハリボテだと思っていたらしい。丁度、本格ファンタジー系の新作ゲームが出たので、その関係だと勘違いした者もいるようだ。

まあ、まさか本物のドラゴンが東京の上空に現れるとは思うまい。

目撃情報は、会社の近所から新宿にかけてだ。それ以降は、ぱったりと途絶えている。

「まずは新宿に行くか」

いざ、東京最大級のターミナル駅である新宿駅。ダンジョンと揶揄《やゆ》される場所へと。

新宿駅は、一日平均乗降者数が世界一らしい。その功績は、ギネスも認めてくれたのだとか。

確かに、行き交う人はやたらと多い。そして、乗り入れている路線も半端ない。山手線、中央本線、京王電鉄、小田急電鉄、更には東京メトロや都営地下鉄などが絡み合っている。加えて、出口が多い。無茶苦茶多い。一つ出口を間違えれば、全く違う場所に辿《たど》り着いてしまうという凶悪な構造である。

そもそも、改札口が東口や中央東口といった風に紛らわしい。東口で待ち合わせをしていたカップルの、男が東口で、女が中央東口で待っていて、二人は永遠に会えませんでしたという伝説が残っているとかいないとか。

とまあ、それは冗談として、何人かは入ったものの出て来られないという状況に置かれそうなほどのダンジョンっぷりではあった。毎日使っている人間は、きっとダンジョンマスターか何かなんだろう。

「で、目撃情報はここで途切れているんだけど、何処に行ったんだろうなぁ」

新宿駅のプラットホーム下である地下一階は、どこもかしこも人で溢《あふ》れていて、身体の大きなドラゴンが身を隠せそうなところはない。

人が多い所為か、空気が澱んでいるように感じる。むっとした湿気がまとわりつき、なんだか息苦しい。背中に、じっとりと汗が滲んだ。

とにかく、通路にいては邪魔だ。というか、人の波に押し流されてしまう。

ひとまず壁の方へと避けようとした、その時であった。

ぐにっ。

足の裏に、妙な感触があった。

「なんだ、これ」

ビニールだろうか。それにしては巨大である。赤子をすっぽりと包めそうなくらいの大きさだ。

靴の先で、つんと突いてみる。すると、妙に弾力があった。

透明な餅か？　巨大な求肥《ぎゅうひ》か？　巨大な求肥が駅の床に落ちているのか。

「いやいや、そんなわけ……」

無い。

そう断言しようとしたその時、巨大求肥が動いた。

「え、えええええっ！」

巨大求肥はぐんにょりと身体を広げ、おれの足ごと靴を呑み込まんとした。

「ふおぉぉ!?」

とっさに靴を脱ぎ、地に転がる。受け身を取る余裕なんてなかった。普通に痛い。

「ど、どうなってるんだ」

おれの靴を呑み込んだ巨大求肥は、咀嚼《そしゃく》でもするみたいに身体を揺らす。

すると、どうだろう。半透明な身体に包まれた靴は、見る見るうちに溶けていくではないか。

「こ、こいつ、ただの求肥じゃない……！」

スライムだ。おれの中で、その単語が閃いた。

スライムと言えば、ＲＰＧにおける雑魚《ざこ》中の雑魚だ。初期装備の勇者にボッコボコと倒され、経験値稼ぎの糧になるという悲しい役目だ。

しかし、何の装備も持たない一般人にとっては脅威の存在だ。

そして、おれは何の装備も持たない一般人だった。

「どうしてこんなところにスライムが……！　っていうのはさておき、やばい！　今のおれの装備、スマホしかない！」

ゲームでは、魔物と対峙した勇者は選択を迫られる。『たたかう』か『まほう』を使うか、『アイテム』を使うか、『にげる』の四択であることが多い。

勿論、おれは『まほう』を使えない。『たたかう』力もない。となれば、やれることは限られている。

「『アイテム』でこいつを撮った後、『にげる』！」

スマホのカメラ機能でスライムを激写し、とにかく逃げる！

何故、こんな状況で画像を残そうとするのかと問われれば、「現代人だから」と言う他ない。何かあったら画像や動画を残して、SNSにアップロードする。もはや、それが習性になっていた。人身事故でダイヤが乱れたら、駅の混雑っぷりをSNSに上げるし、地震が起きたら、揺れている旨をSNSに投稿する。

投稿用の画像を撮った後、素早く踵《きびす》を返す。しかし、その足は掬《すく》われてしまった。

二度目の転倒。残念、逃げられなかった！

「た、助けてくれ！」

通行人に向かって叫ぶ。

しかし、彼らは自分の目的地に向かうことで精いっぱいなのか、見向きもしない。遠巻きにしている人間が何人かいたが、何をやっているんだろうと言わんばかりの好奇に満ちた視線をくれるだけだ。

「これは、あれか！　路上パフォーマンスだと思われているパターン！」

フィクションでよくある光景だ。非日常的なことが起こった時、一般人はそれをドラマや映画の撮影か何かだと勘違いし、ギャラリーとなることに徹する。あれは、リアルな反応だったというのか。

「ちょっと！　見てないで誰か助けて！　鉄道警察の皆さんを呼んで！」

倒れるおれの足にスライムが絡みつく。シュウウという不吉な音とともに、ズボンの繊維が溶けていくのを感じた。

「や、やめろ！　おれをどうする気だ！　食べるにしたって、お前の大きさじゃ無理だろ！」

スライムは答えない。もがいても、もがいても、びくともしない。

「わ、分かったぞ！　服だけ溶かすつもりだな！　そして、乱暴する気だろう！　えっちな本みたいに！」

もはや、自分で何を言っているのか分からない。こちらを見ていた通行人は、スマホをおれに向けている。このままでは、あられもない姿になったおれの画像がＳＮＳに投稿されてしまう。そして、全世界に共有されてしまう！

絶体絶命の大ピンチを前に、今までの思い出が走馬灯のように蘇った。

朝も夜も会社で過ごしたこと。オフィスのシャワーで身体を流したこと。マッサージチェアで仮眠を取ったこと。マッサージチェアが先輩に使われていた時は、寝袋にくるまって会議室の床で寝たこと。空の栄養ドリンクの瓶に話しかけていたこと。最近、抜け毛が多くなったこと。

「いい思い出が一つもない！」

社畜人生のまま、終わってたまるか！

次の瞬間、おれの身体は弾かれるような衝撃を覚えた。束縛から逃れ、逃げようとしていた勢いのまま、床にごろごろと転がる。

「え、あ……？」

スライムは、真っ二つになっていた。しゅーしゅーと湯気を出しながら、あっという間に床に溶けていく。

おれの目の前には、黒衣の人影があった。その人物が助けてくれたのだろうか。しかし、手にしていたものにぎょっとする。

剣だ。湾曲した刀身の、シャシュカだ。すらりとした刃が、冷ややかに輝いている。

その剣でスライムを一刀両断のもとに斬り伏せたことは、一目瞭然だった。

黒衣の人物はふっと振り返る。その姿に、息を呑んだ。

銀の髪が、駅構内を吹き抜ける風を受けてサラサラとなびく。色素の薄い肌は、不可侵の雪原を連想させた。

年齢は、おれと同じくらいだろうか。

その瞳は、赤だった。深紅のそれはガラス玉のようでいて、目鼻立ちは精巧に作られたビスクドールのように美しい。

北国の誇り高き狼のような、美女だった。

その身を包む軍服のような黒いコートが身体の起伏を隠しているが、きっとその肢体も美しいに違いない。女性にしてはかなりの長身で、モデルのようでもあった。

しばらく夢見心地だったが、美女がこちらを見たのでハッとする。

「あ、あの、初めまして。た、助けてくれて有り難う御座います」

ひとまず、お礼は言わなくては。どう見ても日本人離れしている容姿だけど、言葉は通じるだろうか。

緊張のあまりに手汗をかくおれに、美女はツカツカと歩み寄る。あまりにも背が高いのでヒールでも履いているのかと思ったが、そうではなかった。

その美女は、あろうことか、おれの前で膝を折った。その視線は、汗でぐっしょりと濡れた手に注がれている。

「あっ……！」

手からは血が滲んでいた。転んだ時に怪我をしたのだろう。この美女は、そんなおれの怪我を案じているんだろうか。

美女がそっとおれの手を取る。手当てをしてくれるんだろうか。

しかし、美女は包帯やハンカチの類を取り出すわけでもなく、そっと唇をおれの手に寄せようとしていた。

こ、これはどんな状況だろう。美女のふっくらとした唇が、おれの手に重ねられようとしているんだろうか。騎士が姫にやるような誓いのキスをしようというのだろうか。おれ、姫じゃないけど。

「ちょ、ちょっと、困ります……！」

美女の唇が身体に触れると思っただけで、顔から火が出そうになる。しかし、慌てるおれのことなど知らぬと言わんばかりに、美女は唇を更に近づけ……。

「くっさ」

「え？」

美女の顔は露骨にしかめられていた。というか、声がかなり低くないか……？

「貴様の血、あまりにも臭過ぎる。一体何を食べているんだ」

相手は、実に流暢《りゅうちょう》な日本語でおれを罵った。

「えっと、今朝はレトルトカレーだけど、昨日の夜はカップ麺で、昼はカップ麺、朝もカップ麺で、その前日も……」

「インスタント料理しか食べていないとは。怠惰《たいだ》にもほどがある。日本人の味覚は高く評価しているが、貴様の味覚は星ひとつだな」

「し、失礼な！　今朝も昨日の飯も、ちゃんと味を変えてるっていうの！　それに、日本のカップ麺は美味《うま》いんだぞ！　美女だからってなめんな！」

「び、美女……？」

相手の顔が強張る。

「ロシアン美人だと思ってちょっとドキドキしたが、カップ麺を馬鹿にする奴は許せない！　そこに座りなさい。カップ麺の良さについて語ってやる！」

「おい」

美女の目は殺気立っていた。シベリアの大地の如《ごと》きそれに、思わず口を噤《つぐ》む。

そんな美女は、ぐいっとおれの手を引きよせたかと思うと、あろうことか、己の胸に押し付けた。

「ひええええ！」

これはいけない。おれの手がコート越しとは言え、柔らかな乳房を包み込むなんて！


「……あれ？」

柔らかく無い。

むしろ、硬い。おれよりも逞しい。

「も、もしかして」

さあっと身体中の血がひいていく。

「私はニコライ・チェルノコフ。正真正銘の男だ」

ニコライ氏のこめかみには、青筋が立っていた。ご立腹だった。どうやら、肌が白いと青筋が目立つようだ。

「お、お、男!?」

確かに、よく見れば肩幅もあるし、喉仏だってある。繊細な顔立ちだが、全身にまとう雰囲気は雄々しい。

「こ、これは失礼をば！」

「ふん。その程度の観察眼だったと思って許してやろう」

無駄にえらそうだった。

「というか、さっきのスライムもどきは一体……」

「夢だ。幻だ。全て忘れろ。そして、家に帰れ」

ニコライと名乗った人物は、素っ気なく言った。

「おいおい。そんな態度は無いだろ。こっちは靴まで溶かされてるんだぞ。夢のわけがあるかって」

「世の中、関わらない方が良いこともある」

取り付く島もない。

「もう一度言うぞ。家に帰れ」

ニコライは、「ハウス」と繰り返した。おれは犬か！

頭の中が冷静になるにつれ、ニコライの態度に腹が立ってきた。どうにかして、このわけの分からない状況を説明させてやる。

そう思って、スマホを突きつけた。

「どうやら、秘密にしたいことがあるようだな。だが、さっきのスライムの画像はばっちり撮ったんだぜ！　こいつをＳＮＳに上げて欲しくなければ、何がどうなっているかを話したまえ！」

しかし、ニコライは涼しい顔をしていた。いや、冷ややかに一瞥をしただけだった。

「その画像をアップロードして、お前が『スライムに会った』というメッセージを添えて、本気にする者がいると思うか」

「えっ。うーん……」

改めて画像を見る。

どう見ても、床に巨大な求肥が落ちているようにしか見えない。このままでは、「食べ物を粗末にするな」というお叱りの言葉を多数頂く炎上案件となってしまう。

「ぐ、ぐぬぬぬ」

「画像は消して、全て忘れろ。そうした方が、お前のためだ」

ニコライは踵を返す。

いけない。このままでは、何の話も聞けないまま別れることになってしまう。

「そ、そうだ。ドラゴンは――」

その一言に、ニコライは足を止めた。

「ドラゴンを、見なかったか？　こっちに来たはずなんだけど」

「……さあな」

「マジか。あんただったら知ってそうだと思ったんだけど……」

「ドラゴンとやらも、そのスマホで写してウェブにアップロードする気か？」

「そ、それもやりたいけど、上司がそいつにさらわれたんだよ」

それを聞いたニコライが振り向く。深紅の瞳を、真っ直ぐこちらに向けた。

「それは本当か」

「う、嘘を吐くなら、もっと面白い展開にするっての」

第一、ドラゴンや魔王にさらわれるのはお姫様やヒロインの役目で、嫌な上司の役目ではない。そんな展開では、助ける側のモチベーションも上がらない。

ニコライは、値踏みをするようにこちらを見つめる。おれは、ドキドキしながら、そっと目をそらす。見つめ返す勇気はなかった。

「ふむ。嘘を吐いているようではなさそうだな」

「あ、ああ」

「そうとなれば、話は別だ。お前の話も聞きたい。しかし——」

ニコライの鋭い視線が周囲に向く。

辺りに集まっていた人は、すっかりいなくなっていた。皆、自分の時間を惜しむように、せかせかと構内を往《ゆ》く。

「ん？　どうしたんだよ」

「……しっ」

ニコライは人差し指を立てる。

一体、通行人が何だというのか。その足元に視線を向けた瞬間、己の目を疑った。

構内の床から、水が染み出すようにじんわりと、あの求肥スライムが現れたではないか。皆、前を向いているので気付かない。そんな彼らの足元で、スライムが一体、二体と増えている。

「あ、あ、あれ……」

「やはり、発生源をどうにかしなくては……」

「発生源？　新宿駅に、そんなものがあるのか？」

モンスターを発生させるものと言えば、魔力の泉とか、召喚の魔法陣とか、そういった類だろうか。まさか、そんなものが現実に存在するなんて。

「おい。スマホをしまえ」

ニコライの視線が、おれのスマホを突き刺す。

「いやいや。マジで魔法陣やら何やらがあるなら、それも撮らないと。勿論、今度は動画で。動画だったら、みんな信じてくれるだろ」

「肖像権侵害で訴えられるぞ」

「肖像権？　魔法陣にそんなものが発生するの？」

「いいから、黙ってろ」

「ハイ……」

明らかに苛立った声を投げられ、口にチャックをした。これ以上喋ったら、一刀両断にされそうだった。

ニコライの剣は鞘に納められていたが、柄《つか》には手が添えられていた。いつでも抜ける状態である。そうして、彼は再び、周囲を見回した。

「先ほども何体か滅した。こいつらは、一定の範囲内に出現しているはず」

ニコライは、「おい」とおれに声をかける。

「な、なんだよ」

「スマホを貸せ」

「はぁぁ？　さっきから、スマホをしまえとか貸せとか。おれはお前の家来じゃないっつーの！」

「ならば、別にいい」

ニコライは素っ気なくそう言うと、自身のコートの内ポケットを探り出した。急に不要とされると、寂しくなるのが人間というものである。

「ちょ、ちょっと待って。おれの方が早く用意できるし。ほら、ほら！」

スマホをぐいぐいと押しつける。ニコライは、手のひらでそれをやんわりと押し戻した。

「地図を表示してくれ。新宿駅構内図を」

「え、あ、はい」

そんなの、今、この状況で何に使うんだろう。スライムの様子をちらちらと気にしつつ、ニコライに言われたとおりに地図を開く。

「これでいい？」

「上出来だ。感謝する」

ニコライはスマホを受け取らず、シャシュカに手を戻して、画面を覗き込む。

「新宿駅の構内図は、完全にダンジョンマップだよな。複雑過ぎて、何処が何処だか分からないいっつーの」

「黙ってろ」

「申し訳御座いません」

初対面の相手だというのに、大変手厳しい。というか、もうスマホを下ろしてもいいだろうか。相手に見せる姿勢を保つのも、意外と辛い。

「成程な。大体の位置は把握出来た」

「腕を下ろしていいですか」

「ああ。ご苦労だったな」

無駄に尊大に、ニコライはおれを労う。ぷるぷるしていた腕を引っ込め、ひきつった筋肉を優しくさすってやった。

それにしても、一体何を把握したというんだろう。

おれもニコライに倣《なら》って地図を見るが、さっぱりだ。

今、目の前にあるのは中央通路。そして、先ほどおれが襲われたのは、アルプス広場だった。広場という表現に相応《ふさわ》しく、やや開けている。待ち合わせをしていると思《おぼ》しき女子もいた。因みに、アルプス感は無い。

「私は、北通路でスライムと呼ばれるあの異形を滅した」

こちらの様子に気付いたのか、ニコライがそう言う。

北通路と言えば、中央通路に対して鉄道警察の施設を挟んで反対側だ。経由するには、アルプス広場を通ると早い。北通路には、コインロッカーもトイレもある。

「ああ、こっちにもトイレがあるのか。親切設計だな。お腹を下した時に助かる」

中央通路側にもトイレはある。だが、人通りが多いので、緊急事態になって慌てて入っても、満室の可能性が高い。だけど、二カ所あるならば安心だ。

「腹をよく下すのか？」

ニコライは、次々と床から這い出すスライムから目を離さずに問う。

「まあ、そんなに胃腸が強くなくてさ。出勤の度に、ぎゅるぎゅる言い出すんだよ。もう、そんな時は、トイレに引きこもって、『時よ止まれ、お腹痛いから』って祈るんだ。会社に遅れるし」

それでも、最近はそんなことも殆ど無くなっていた。何故なら、常に出勤しているので、通勤タイムが消失してしまったのだ。

「ふむ。乗るはずの電車が行ってしまったら、一大事だしな」

「そうそう。分かってくれるか！」

まさか、こんな日本の労働者のあるある話にニコライが乗ってくれるとは思わなかった。何だか嬉しくなって、ヘッドバンギングのごとく頷く。

「あ、でも、いっそのこと、電車がどうにかなったらいいな、とは思うな。まあ、駅でもいいんだけど」

「ほう？」

「だって、事件が起きて運休になったら、会社に堂々と遅刻出来るし、あわよくば休めるじゃん。おれは、合法的に、休みたい！」

ぐっと拳を握る。

「成程な。理解出来た」

「マジで!? 堅物のいけ好かないイケメンかと思ったら、意外と理解のある——」

理解のある奴じゃないか。

そう見直そうと思ったその時、「うわあああっ」と悲鳴があがった。見ると、スーツ姿の男性が、スライムに足を捕えられていた。他にも、ハイヒールをスライムに喰われ、右往左往している女性もいる。

「やはり、『足を引っ張って』いる……。この騒ぎの中心になっている人物は、お前と同じ人種らしい」

「へ？　それって、どういう……」

おれの返事など待たず、ニコライは走り出した。シャシュカを抜き放ち、男性を襲っているスライムまで一気に距離を詰める。

「動くな！」

「は、はいぃ！」

男性は悲鳴のような声をあげて固まる。ニコライのシャシュカは、スライムを一刀両断のもとに斬り伏せた。

続けて、女性のハイヒールを取り込んだスライムを斬り捨てる。スライムは溶けて、革の表面の剝げかけたハイヒールが床に転がった。

「あ、有り難う御座います」

「踵も溶けているだろうから、直して貰え。そうでないと、危ないからな」

確かに、左右の高さが違うのでは、バランスが取り辛い。転ぶ可能性もあった。

女性は何度も頷く。ニコライの背中を、キラキラする眼差しで見つめていた。恋する乙女の顔だ。さっきのスーツ姿の男性も、似たような表情でニコライを見つめている。

しかし、ニコライは全く気にしない。それどころか、振り返る気配もない。シャシュカを手にしたまま、ぎょっとする通行人を掻き分けて、いずこかへ向かう。

「ど、何処に行くんだよ！」

おれは慌てて追いかける。しかし、ニコライの方が圧倒的に速い。あっという間に引き離されてしまった。

ニコライが向かったのは、北通路側だった。コートの裾をひるがえし、颯爽と入って行ったのはトイレだった。

「まさか、お腹が痛かったのか……？」

いやいや。

見当外れな考えを振り切り、おれも続く。

びっくりして逃げるように飛び出して来た人とすれ違った。「社会の窓」が全開だったが、指摘している暇はなかった。せめて電車に乗る前に、自主的に気付いて貰いたい。

「おい、開けろ」

ニコライは、きっちりと閉ざされている個室に声をかける。返って来たのは、沈黙だった。

「ここに居るのは分かっている。開けるんだ」

沈黙。扉の向こうは、黙して語らない。

「何やってるんだ、ニコライ。よく分からないけど、こういう時はノックをしないと」

コンコン、と軽くノックをする。しかし、やはり返って来たのは、押し殺したような沈黙だった。

「反応が無いじゃないか」

「こ、これは、たまたま、調子が悪かっただけだよ！」

何の調子かは分からないが、必死に言い訳をする。ニコライは、開く気配が無い個室の扉に向かって、溜息を吐いた。

「仕方が無いな」

まさか、シャシュカで破壊しようというのだろうか。

ドキドキするおれ。一歩下がるニコライ。しかし、彼は踵を返してしまった。

「大きな事故があって、鉄道が全線運休になったのでどうしようもないから、時間を潰そうと思ったのだが」

いきなり、大きな声でそう言った。あまりにも棒読みな上に無茶苦茶な設定に、一瞬、ツッコミをすることとすら忘れる。

その時だった。

「マジで!?」

個室の扉が開き、嬉々《きき》として若い男が飛び出して来た。扉を開けた先に居た、冷めた目のニコライを見て、「あっ」と声をあげる。

「この国の神話を読んでおいて良かった。天岩戸《あまのいわと》作戦は成功のようだな」

運休の連絡に喜んで出て来る天照大神《あまてらすおおみかみ》なんて、おれは嫌だ。

「休憩は、充分に取れたか？」

「ひ、ひぃぃ」

若い男は個室に逃げようとするが、ニコライに首根っこを掴まれてしまった。無慈悲である。

「ニ、ニコライ。その人が何をしたっていうんだよ」

見ていられなくなって、二人の間に割って入ろうとする。若い男は、おれぐらいの年齢で、線が細くて胃が弱そうだった。新しいスーツを着ているから、どこぞの新入社員なんだろう。

「今に分かる」

「や、やめろよ。顔が真っ青じゃないか。個室に戻してやらないと、取り返しがつかない事態になるぞ！」

既に、彼の内臓は激痛に支配されているに違いない。その後はどうなるか、おれはよく知っている。ニコライは、彼に人間の尊厳を壊されるような屈辱を味わわせたいんだろうか。

何たる鬼畜！

急いでニコライの手を離させようとしていると、ぼとっと何かが肩に降って来た。

「へ？　なに、これ」

見るとそれは、巨大な求肥だった。いや、スライムだった。

「ぎゃあぁ！　ニコライさん、取って！」

「煩《うるさ》いぞ」

ニコライは、若い男を見つめているだけだった。服を溶かされてはかなわないので、壁にこすりつけて取ろうとする。

しかし、床に視線を落としたおれは、目を疑った。床にも、ぼこぼことスライムが湧いているではないか。

「ニ、ニコライ。スライムがいっぱいなんだけど……。このままだと、こいつらが集まってキングになっちゃう……」

「そうなったら、私が倒すからいい」

素っ気なく、自信満々に言い放たれてしまった。そうなるともう、何も言えない。

「――やはり。お前が発生源か」

ニコライは若い男を見ながら、そう呟いた。

発生源？　スライムの？　その男の人が？

どう見ても、気弱な新人ビジネスマンである。魔物を操る魔導士や召喚士の類には見えない。男もまた、何を言っているのか分からないと言わんばかりに、首を横に振っている。

「会社に、行きたくないんだな？」

　ニコライは問う。

「そ、それは……」

　若い男は、躊躇《ためら》いがちに視線を彷徨《さまよ》わせた。

「……合法的に休みたいんだろう？」

「は、はい！」

　そう頷いてから、男は慌てて口を塞ぐ。だが、時はすでに遅し。おれは彼の輝いた目を一生忘れないだろう。

「何か、不満があるのか？」

「えっと……」

　ニコライの問いに、彼は視線をそらす。肩のスライムを何とか振り払ったおれは、周囲のスライムに気を配りつつ、彼に聞いてみた。

「もしかして、仕事が辛いとか？　おれ、ＩＴ企業に勤めてるけど、何日も家に帰れなくてさ。それに似た状況なんじゃない？」

「家には、帰れてます……」

男は消え入りそうな声で言った。

「まあ、家に帰れないっていうのはおれの事情さ。そっちはそっちで、別の事情を抱えてるんじゃないの？　だって君、徹夜明けのおれみたいな顔をしてるし」

「自分と似たような、疲れ切った状態だということだ」

ニコライが補足してくれる。そうそう。そう言いたかったんだ。

若い男は、ハッとしたような顔をしていた。戸惑うようにこちらを見た後、やはり聞き逃してしまいそうな声でこう零《こぼ》した。

「上司に、言い寄られてるんです。女性の上司で……」

「え、マジ？」と、つい聞いてしまう。

「マ、マジです。仕事中に手を握ってきたり、腰に手を回されたり、何度も映画に誘われたり……」

上司だから断り辛い。下手に機嫌を損ねたら、会社での立場も悪くなる。というか、もうおっかなくてあちらこちらが縮み上がる勢いだ。

彼は、涙を滲《にじ》ませながらそう語った。

「職場のセクハラか……」

「はい……。相手が女性だから、誰にも相談出来なくて。いや、最初の頃は、高校時代の同級生に相談したんですけど、『女上司のお気に入りなんて、羨ましい奴め！』なんて言われてしまって……！」

「ああ、なるほど……」

その同級生の気持ちも、少し分かる。

いい香りのする美人上司だったら、ちょっと強引に迫られてみたい。普段は厳しい上司でも、プライベートな時間だけは甘えて来るなんていうシチュエーションは、最高だと思う。

「でも、僕の上司は、『リトル・マーメイド』に登場する海の魔女にソックリなのに……」

やばい、それは喰われる。

美人上司との禁断の時間の妄想は、泡となって消えた。

「職場を変えてはどうだ？」

ニコライの提案に、男は首を横に振った。

「それは、出来ないんです」

「何故」

「だって、せっかく入った会社だし、また仕事を探すのも大変じゃないですか。何処にでも仕事が溢れているわけでもないし……」

今にも泣き出しそうだった。彼の気持ちは、少し分かる。

おれは、気付いた時にはこう言っていた。

「えっと、辛かったんだな、誰にも相談出来なくて。ずっと抱えてたんだろ？」

「は、はい……！」

若い男の声は震えていた。両目は潤み、涙ぐんでいるようだった。

ああ、そうか。彼は共感が欲しかったのか。辛いという事実を知って貰い、同情して欲しかったのだ。

「あ、あれ……？」

その途端、周囲のスライムが見る見るうちに小さくなっていくではないか。クッションに出来そうなくらいだったスライムは、あっという間に拳ほどになり、瞬く間に消えてしまう。

「これは、どういう……」

ニコライの方を見やると、彼は「成程な」と呟いた。

「状況の根本的な解決というより、共感が欲しかったということか」

ニコライは、若い男に向き直った。

「だがまあ、今の状況を放置しておくのも良くないだろう。しかし、自分の感情を第三者に理解して貰うのは難しい。ならば、客観的に状況を説明する素材を用意すべきだ。自分がされたことの証拠を残すとかな。ノートに何をされたか記録するのも悪くない。そして、後は客観的且つ法的に判断してくれる専門家のところへ行け。お前の相談に、真摯に乗ってくれるはずだ」

「法的……。弁護士とか、ですかね」

「ああ。都道府県労働局の雇用環境・均等部というところでも相談に乗ってくれると聞いた。詳しくは、インターネットで検索するといい。同じ悩みを抱えている人間もいるだろうし、解決の窓口だって開かれているはずだ」

「そうか……。ついつい、手の届く範囲で解決しようとしてしまったけど、ちゃんと選択肢はあったのか……」

ニコライが手を離すと、彼はそのままくずおれそうになる。だが、自らの脚でちゃんと踏み止まり、背筋をすっと伸ばした。

瞳に生気が戻っている。それを見たおれも、ほっと胸を撫で下ろした。

「無事に、解決することを祈っている」

ニコライは踵を返す。若い男は、その背中に頭を下げた。おれも彼が無事に魔女から逃れられるよう祈りながら、ニコライの後に続く。

「なあ、ニコライ。今のって……」

ニコライは、あの若い男がスライムの発生源だと言っていた。そして、それを裏付けるように、彼はスライムの発生箇所の中心にいたし、彼の恐れが高まった途端にスライムが発生し、彼が共感を得た瞬間、スライムが消えてしまった。

「あれじゃあまるで、人間の感情が魔物を生み出していたみたいじゃないか！」

ニコライは辺りを見回したかと思うと、黙ってこちらを見やる。瞳は血のように赤く、見つめられるのは少し怖かった。

「気になることもあるし、魔物の件については、私から説明してやろう」

ついて来い、と言わんばかりに、ニコライは踵を返す。おれは通行人にぶつかりながら、慌ててその後を追った。

そして、出口まで迷わず向かうその後ろ姿を見て、ニコライは新宿駅のダンジョンマスターであることを確信したのであった。


新宿駅西口から出て、徒歩数分。

大通りは人で溢れ返っている。ビジネスマンやら学生やら、やたらと派手な若者やら、明らかに日本語を喋っていない人やら。多種多様な人間が歩いていた。

ニコライは目立つ外見だったが、そんな人混みの中に入れば、すっかり紛れ込んでしまった。因みに、人目を引く要素の一つであるシャシュカは、今は刀袋に入れられている。

おれの靴は片方になっていたので、途中で新しいものを買った。流石に、靴下姿で新宿をうろつく勇気は無かった。

ニコライの後ろ姿を必死に追う。少しでも気を抜いたら、人の波に呑まれてしまいそうだ。

ニコライが大通りから路地に入った時には、心底安心した。

「……こっちでいいのか？」

「黙ってついて来い」

ニコライは後ろ姿で冷たく言い放つ。ニコライは、日陰へ日陰へと進んでいるようだった。

表通りと違って、人がいない。雑居ビルが立ち並んでいるが、どれも暗い影を落としていて、中には人の気配が全く無い。偶《たま》に動くものを見つけたと思ったら、「なぁー」と目を光らせる黒猫だった。

帰りたい。

薄汚れた白い壁のビルを横切る。開けっ放しになった窓から、ぬっと白い影が現れた。

「ひえっ」と叫びたいのを我慢する。よく見れば、風に煽られているカーテンだった。

そっと中を覗き込む。

暗い。打ちっ放しのコンクリートの壁に囲まれた、三畳半ほどの狭い部屋だ。家具らしい家具も置いていない。

「……まるで、牢獄じゃないか」

そっと見ないふりをする。いつの間にか随分と離れてしまったニコライの背中を、慌てて追う。

歌舞伎町とは違った怪しさを醸し出す路地裏を往き、着いた先はコンクリートの肌が剝き出しの無骨過ぎるビルだった。

四階建ての、昭和を感じさせる造りだ。壁には、これでもかというほどにツタが這っている。窓は幾つかあるのだが、どれもブラインドがピッタリと閉まっているか、真っ暗であるかのどちらかだ。

いつの間にか、空は鉛色になっていた。垂れ込めそうな雲を背景に、その不気味なビルは黙っておれを見下ろしていた。

「吸血鬼の城みたいだな……」

時代遅れなB級のホラー映画に出て来そうな代物である。

「何か言ったか？」

「な、何も申してはおりません」

ニコライに睨まれ、慌てて首を横に振った。

「文句があるなら、ついて来なくてもいいぞ。ハウスだ、ハウス」

「文句は無い無い。ついてくってば！　というか、ハウスじゃなくて、家に帰れって言えよ！」

犬扱いに抗議を申し立てつつ、ビルに入るニコライについて行く。勿論、エントランスは薄暗い。蛍光灯は設置されていたけれど、チカチカと弱々しく点滅しているだけだった。まるで、風前の灯の如し。灯りがつくたびに、天井に張られた巨大な蜘蛛の巣が浮かび上がる。

いっそ、消えてしまえ。もう、安らかに眠れ。

健気にお役目を果たそうとしている蛍光灯にそう思いつつ、ニコライの後について階段を上る。

灰色の壁には、大きなひびが入っていた。何処からか吹き込んだ風が、おれのうなじをすうっと撫でる。途中で、何の表札もかかっていないドアを見かけた。錆《さ》び付いた鉄のドアの前には、首の無い人形が転がっていた。

「ニコライさん、ちょっと待って……」

「どうした。もう息が上がったのか。だらしがないな」

「いや、体力よりも精神力が辛い」

「何をわけの分からないことを」

あっさりと一蹴するニコライに導かれてやって来たのは、最上階の四階だった。

一体、どんなお化け屋敷じみた状態になっているやら。

しかし、おれの予想に反して、四階の階段はぼんやりとした灯りに照らし出されていた。

天井も壁も、日だまりにも似たオレンジ色の灯りで満たされている。そのぬくもりの正体は、ランタンだった。

鉄の扉の前に、ランタンが下げてある。その下には、プランターが並べられていた。

「これ、薔薇か？」

「ああ」

ニコライは素っ気なく頷く。

赤ワインのように、真っ赤な薔薇だった。花びらの先まで見事で、非の打ちどころが無かった。その所為か、つんと澄ましているようにも見えた。

何だか、ニコライみたいだ。

成人男性と薔薇を結びつけるのもどうかと思うが、ついそう感じてしまうほどに両者は似ていた。

「もしかして、ニコライが育ててるのか？」

「そうだが？」

「園芸趣味なの？」

「どうでもいいだろう」

会話終了。

無愛想過ぎる美青年は、しれっとした顔のまま扉を開けた。

「入れ」

「いいのか？　なんか、他人のうちに入るのは緊張するな……」

「案ずるな。私の自宅兼、事務所だ」

「事務所？」

ニコライは、扉に掛けられた表札を指し示す。木で造られた表札には、丁寧にこう彫られていた。

「『大安軒《たいあんけん》』……」

「どうした。何故、固まっている」

「いや、だって……」

ラーメン屋か。

ゴシックな雰囲気の入り口には、とことん似合わない。こういう名前は、暖簾《のれん》の方が似合う。

「事務所の名前なのか、これ」

「ああ」

ニコライは得意顔だ。

「ラーメン屋の事務所……？」

「違う。ラーメン屋には憧れていたんだがな。しかし、あれは自分でやるよりも、人様のところへ食べに行くのがいい。その日の気分によって店を変え、それに見合ったスープを味わうんだ」

ニコライは、ふふ、と微笑《ほほえ》んだ。初めての笑顔である。

「ニコライって、ラーメンが好きなのか？」

「勿論だ。日本の食文化は素晴らしい。その中でも、ラーメンは五つ星だ。生憎と、私はニンニクを入れられると困るのだが、ニンニクがなくても充分に楽しめる」

ニンニクアレルギーだろうか。しかし、そんな辛さも感じさせないほど、ニコライはご満悦だった。

「因みに、大安っていうのは……」

「なんだ、お前。大安も知らないのか。六曜において、大いに安し。全ての事柄によいということだ。縁起がいいだろう」

大安の意味を知らなかったわけじゃない。どうして、大安を採用する羽目になってしまったのかを知りたかったんだ。

だが、これ以上踏み込むと、キリがなさそうなのでやめておく。

「いいから、早く入れ。私は暇じゃないんだ」

ニコライがおれを中に促す。

扉の向こうは、ごく一般的な事務所だった。エントランスがあり、廊下があり、その奥に応接室に当たる部屋があるらしい。

「あっ、ニコちゃん。帰って来たね？」

唐突に、男の声がした。

廊下の脇にある給湯室から、背の高い男がぬっと現れる。くすんだ金髪の、若い男だった。こちらも日本人離れした容姿だったが、日本語が実に流暢だった。シャツをだらしなく着て、何故か白衣を肩に掛けている。白衣の通されていない袖が、ゆらゆらと揺れていた。

その男は眠そうな顔をこちらに向け、ゆるりと片手を上げる。

「よぉ。依頼人かい？」

「少々違うが、そうなるかもしれない。こいつの出方次第だな」

ニコライは答える。

「依頼人？」

「探偵事務所ということにしている。表向きにはな」

あんな名前で探偵事務所も何もないと思う。

そうツッコミをしたかったが、ニコライに怒られそうなので口を噤んだ。

「で、彼は事務所の仲間だ」

「どーも。まあ、ドクターとでも呼んでよ」

白衣の男は、にんまりと人を喰ったような笑みを浮かべた。

「ドクター？」

「そ。お医者さんじゃない方」

彼はそう言って、のんびりとした歩みで給湯室に戻った。白衣でお医者さんではないというと、研究者の類なんだろうか。それにしたって、胡散臭過ぎる。

おれはニコライに促され、応接室までやって来た。

部屋の中央にはテーブルがあり、対面になるようにソファが置かれていた。その向こうには、仕事用と思しき机がある。窓を背にする形になっているが、朝だというのにブラインドが閉まっていた。

その代わりに、部屋は人工的な灯りで満たされていた。アンティークのシャンデリアが天井からぶら下がり、部屋を明るく照らしている。

ソファの座り心地もいい。腰も背中も沈み込み、快適のあまり、眠ってしまいそうだ。

部屋の一角には、アンティーク調のクローゼットと、本棚がある。本棚には、背表紙を見ただけでは分からない洋書が並んでいた。それに紛れて、東京のグルメガイドもあった。

「なんというカオス……」

思わず固唾《かたず》を呑む。おれの前には澄まし顔のニコライが座ったが、『東京・ラーメン百選』という本が気になって仕方が無かった。しかも、クローゼットがあるというのに、業務用のロッカーも隅に置いてあるのに気付いた。

そんな中、ドクターが給湯室からやって来た。

「お待たせ。コーヒーを淹《い》れてきたよ」

「わ、有り難う御座います」

カップをテーブルの上に並べてくれる。最後に、ミルクと砂糖をテーブルの中央に置き、ドクターも座った。

「ま、お代わりは幾らでもあるから、好きに飲みたまえよ」

「いやぁ、すいませんね。インスタントじゃないコーヒーなんて、飲むのが久しぶりだから、お言葉に甘えてしまうかも」

へこへこと頭を下げながら、カップに口を付ける。コーヒーの香りが、口から鼻に抜けてゆく。

いい香りだ。一体何処の豆だろう。そんな通っぽいことを思いながら、コーヒーをそっと口内に流し込んだ。

その瞬間、違和感に襲われた。

「ふぬぅ!?」

思わず、妙な声が出る。

薄い。圧倒的に薄い。

見た目は琥珀色と形容される美味しそうなコーヒーだが、味が全く違う。

ほぼ、水だ。更に言うなら、色のついた水だ。そこに、申し訳程度にコーヒーの味がつけられているといった程度だ。

この香りも、プラシーボ効果というやつか!?

「どうしたんだい。苦かったら、砂糖やミルクを入れたまえ」

「苦いとか、そういう次元じゃ無いですよ！　砂糖を入れたら砂糖水！　ミルクを入れたら、薄めたミルクですよ！」

思わず、全力で身振り手振りを交えながら抗議する。

「お前のシャバシャバのコーヒーは、不評なようだな」

ニコライは全く気にしていないと言わんばかりに、そのシャバシャバのコーヒーを飲んでいた。そのコーヒーこそ、星一つという気がするが、いいんだろうか。

「あっちゃー。ダメか。残念」

ドクターはぺろりと舌を出す。それで可愛いと思っているのなら、殺意しか湧かない。

「――さて、本題に入っていいか？」

「あ、ああ。むしろ、入ってくれ」

シャバシャバのコーヒーをそっと脇に押しやり、身を乗り出す。

「ドラゴンにさらわれたという前の上司の話を聞く前に、こちらのことを教えねばならんだろうな」

ニコライもコーヒーカップを置き、真面目な顔でおれを見つめる。深紅の瞳のロシアンイケメンは、凛とした真顔のままこう言った。

「私達の主な仕事は、魔物の討伐だ。人間の心が生み出し、現世に具現化した魔物達を排除するのが、私達の使命なんだ」

魔物の討伐。現世に具現化した魔物。使命。

ふと、中学二年生の頃を思い出す。

自分は、力を持つあまり天界から追放された堕天使で、近いうちにやって来る世界の終末から人類を守るという使命を背負っていると思い込み、堕天使キャラを演じるために、女子に片っ端から「おれのところに堕ちて来るがいい」と口説いていたことを回想する。因みに、全敗であった。

「……何の前情報もなかったら、逃げていたところだな」

そのテの人間と関わると、ろくなことが無い。それは、己を以《もっ》てよく知っていた。

しかし、今、目の前にいるニコライやドクターは、そんな根拠のない設定を忠実に守ろうと必死になる痛々しい中学生ではない。

ニコライがスライムを倒すところを、おれはこの目で見ていた。

「あの魔物って、人間が生み出しているのか？」

ニコライは、『人間の心が生み出し』と言っていた。そして、新宿駅の若い男もまた、スライムを生み出したり、消したりしていたではないか。それも、本人は無意識のうちに。

「詳しいメカニズムを教える必要がありそうだな」

ニコライはそう言って、ぽつぽつと説明をしてくれた。

何故、人間が生み出し始めたのかは分からない。しかし、伝説やゲームに出て来たような魔物が実際に現れ、人々を襲っているのは事実だということだった。

「伝説となっている存在の中には、昔から実在している者もいる。そういう連中は秘境で暮らしたり、人間に溶け込んで普通の生活を営んでいたりするんだ」

「えっ、マジで？」

「ああ。しかし、今はその連中のことは置いておこう」

いや、詳しく聞きたい。人間社会に溶け込む人外なんて、ゲームやアニメのようなシチュエーションじゃないか。願わくは、そんな彼らと接触してみたい。

しかし、そんなことを言おうものならば、「話を脱線させるなら出て行け。ハウス」とニコライに追い出されかねない。おれは、自分が石だと思い込み、黙ることに徹した。

「問題は、人の心から生まれる魔物だ」

「人の心から生まれると言われても、俄《にわ》かには信じられないんだけど。そりゃあ、この目でしかと見たけどさ……」

ニコライは、「そうだろうな」と頷いた。

「物質的なエネルギーが存在しているように、精神的なエネルギーというものが存在していて、そいつが影響しているのかもしれない。ここは、現在研究中だ。ひとまずは、不満や苛立ちが魔物となって具現化する病が蔓延《まんえん》していると思ってくればいい」

「とんだ病気だな……。そいつは、全世界で発生しているのか？」

ニコライもドクターも、日本人離れしている。わざわざ彼らが日本に来たのは、意味があるのだろう。

「お前の言うとおり、全世界で発生している。そこで出現する魔物を鎮圧するのが、私が所属している組織ということだ」

「組織……」

「まあ、組織については割愛する。全世界に魔物狩りをしている者がいるということさえ、念頭に置いて貰えればいい」

ニコライはそう告げると、『病』についての話に戻る。

「日本は、魔物を発生させる病気の発生率が最も高い。そこで、祖国で魔物狩りをしていた私にも声が掛かったんだ。そこで私は、日本で人が最も集まるであろう新宿に事務所を構え、こうして魔物狩りをしつつ調査を進めているということだ」

「ドクターも？」

おれはシャバシャバのコーヒーを飲みながら話を聞いていたドクターに、話題を振る。

「こっちは別口でね。彼是《あれこれ》と調査中にニコちゃんに会って、協力しようってことになったのさ。俺は戦闘なんて出来ないし」

「そして、私にはドクターほどの分析力が無いからな」

なるほど。ニコライが肉体派で、ドクターが頭脳派というところか。

「日本での発生率が高い理由は、分かったのか？」

おれの質問に、「ああ」とニコライは頷いた。緊張感の無いドクターの表情も、心なしか引き締まったような気がする。

そんなに深刻なことなんだろうか。確かに、日本は島国であり、文化が独特だ。神道に着物に、相撲に、ゲイシャやニンジャ。他国に無いものばかりである。

「日本の独特な文化。それが、発生率の高さの原因だ」

「やっぱりそうか……」

「心当たりが、あるようだな」

「そりゃあ、ゲイシャガールにカラテやジュードーの国だしな。他国と違うことなんていっぱいあるさ」

「いや、原因はそういった類じゃない」

「そういった類じゃない？」

鸚鵡《おうむ》返しに尋ねるおれに、ニコライは身を乗り出す。内緒話をするようなそれに、緊張感が走った。

「そう。発生の原因となっている日本の文化。それは——」

「それは……？」

「二十四時間戦う文化だ」

「な……！」

24時間、戦えますか。

当時のサラリーマン達にそう問うた、栄養ドリンクのCMコピーを思い出す。今も昔も、社畜は栄養ドリンクで自分を誤魔化し、寝ることも休むこともせずに働いていた。

「更には、空気を読み合う文化だ！」

「なんだって……!?」

日本人は空気を読まなくてはいけない。何かを言われずとも相手のことを察し、行動に移さなくてはならない。他人を出し抜くなんてもってのほか。出る杭は打たれる。抜け駆けをする人間に対して、日本人は常に金槌だった。

「己を殺して三歩下がることを美徳とし、横一列になることを良しとする。そんな文化が原因だ！」

ニコライの人差し指が、おれの鼻先に突き立てられる。意外と爪が長く、指より爪の方が突き刺さった。

「日本はストレス社会。終業時間に仕事が終わっていても退社出来ず、残業をやっている連中に合わせて残業をする。有給なんて、在って無きもの。産休を取ろうとすると微妙な顔をされる。更には、女性であれば男性上司からセクハラじみた言葉を投げられ、男性であれば、些細なことでも女性からセクハラだと訴えられる。内輪のルールを知らなければ、あいつは空気が読めないと言われて仲間外れにされる。――何と生き難い世の中か！」

「それな！」

コンマ一秒で同意してしまった。

「みんなが帰らないから、結局おれも帰れない。朝まで残業を強いられ、誰も帰らない部屋に家賃を払う羽目になる。そんな状況だというのに、みんな同じだから上に訴える奴もいない。残業は申請しろと会社の規則に書いてあるのに、それをやった奴は、空気が読めない奴だとされて、適当な理由をつけられて首にされる。確かに、不満や苛立ちは溜まりまくるよな！」

ニコライとドクターの方を窺《うかが》う。しかし、二人ともドン引きだった。

「劣悪な環境だな……」

「そんなところで働くなんて、いやはや、マゾいねぇ……」

「いやいや。ここは同意を先にしてくれよ！　これじゃまるで、おれが変態みたいじゃないか！」

「変態じゃないか」

ニコライの言葉が、おれを容赦なく一刀両断にする。

「そんなところで働いていないで、他に移ればいいだろう。サービス残業という文化がある会社はたくさんあるが、帰れないほどではないぞ」

そう言い放つニコライに、おれは呻《うめ》くしかなかった。

「簡単に言いやがって……。新卒で無くなった時点で、おれ達に自由なんてないんだよ。再就職先の面接で、前職を数カ月で辞めた理由を聞かれるし。それで、環境がひどかったから辞めました、と言うと、採用され難くなるんだよ……！」

「ならば、前職を職歴に書かなければいい」

「それはそれで、空白期間に何をしていたのかを聞かれるだろ⁉　職歴が無ければ無いで、やっぱり不利になるんだよ！」

　つまりは、最初の会社がブラック企業だった時点で、人生が終わってしまうのである。何ともリスキーな社会だ。

　室内に沈黙が降りる。

「その……」

　ニコライの深紅の瞳が、幾分か同情的になった。

「……コーヒー、お代わりするか？」

「要りません！」

　断固として拒否した。シャバシャバのコーヒーでは、この荒《すさ》んだ気持ちは癒されない。

「まあ、確かに日本人はストレスを抱えまくってるよな。そりゃあ、不満が魔物になって暴れまくるわけだ」

むしろ、それくらいやらないとやっていられない。

酒を飲んだり、カラオケに行ったり、買い物をしたり、お喋りをしたりしてストレスを解消するのならば、魔物を生み出して暴れまくることでストレスを解消するのもありなのではないだろうか。

ただまあ、酒乱と同じく、周囲に迷惑がかかるが。

「ニコライ達は、そんな現代人のストレスの化身と戦っているということか……」

現代社会と戦い、疲れた人々が生み出した魔物を倒すのもまた、戦いということか。

「お前の上司はドラゴンにさらわれたと言ったな。恐らく、そのドラゴンもストレスの化身だろう。上司に深い恨みを持っているのならば、ドラゴンが上司を喰らったり、なぶり殺しにしたりする可能性もある」

「上司を、食べる⁉」

ドラゴンの胃袋に入るということは、当然、死ぬということだ。

小瀬村がいなくなる。あの、全ての仕事をおれ達に押し付けて、栄養ドリンクだけを提供していたマネージャーの小瀬村が！

「……まあ、ドラゴンがお腹を壊さなきゃいいかな」

「おい、こら」

ニコライがしかめっ面をこちらに寄越す。

「じょ、冗談だって！　流石に死人が出るのはまずい。あいつも、家族がいるだろうし。未婚だけど、両親とか兄弟とか」

「そうだな。人と人は繋がっているものだ。一人の問題じゃない。そこに繋がる人間を助けるためにも、その上司を助けなくてはいけないな」

曰く、ニコライもまた、ドラゴンの情報を聞き、その行方を追って新宿駅にやって来たらしい。そこで、同じくドラゴンを追っていたおれと遭遇したということだ。

「ドラゴンの居場所は分かってるのか？」

「それは、今から調査する。何せ、足取りが途絶えてしまったからな」

ニコライは立ち上がる。ドクターもまた、シャバシャバのコーヒーを飲み干して、

「よっこらしょ」と大儀そうに腰を上げた。

「とにかく、後は我々に任せるがいい。お前は会社に戻れ。書面での状況説明が必要ならば、私が一筆書いておこう」

「会社に、戻る……」

確かに、あとは専門家の領域だ。一般人のおれに、出来ることはない。

おれは素直に会社に戻り、また、机にかじりついて業務をこなさなくてはいけない。先輩とマッサージチェアや寝袋を取り合ったり、カップ麺を掻き込みながらキーボードを叩いたり、黄色い太陽を眺めながら朝を迎えなくてはいけない。

「い、嫌だ」

「ん？」

「嫌だ！　会社に帰りたくない。あそこで働きたくない！　絶対に働きたくない！」

「な、お前……！」

驚愕して目を見開くニコライに、すがりつくように土下座した。

「お願いします！　おれをここで働かせてください！」

「却下だ！」

「そんなぁ！」

　力強くお断りされてしまった。涙が出そうだが、泣いている暇はない。

「後生だ！　一生のお願いだ！　会社に戻ったらまた働かなきゃいけないし、先の理由で辞めることも出来ない！　一番無難なのは、上司を探すという名目でここに残ることなんだ！」

「ええい、まとわりつくな。鬱陶《うっとう》しい！　戦闘経験のないお前がいたところで、何になるというんだ！」

　ご尤《もっと》もな意見だった。

　すがりつくおれを、ニコライが引き剝がす。そんな様子を見ていたドクターは、カップを片付けながらこう言った。

「いいんじゃない？　彼を一時的にここに置いても」

「お前、そんなに軽々しく……！」とニコライがわなわなと震える。

「やった！　ドクター、マジで神様だわ！」とおれは舞い上がる。

「戦闘の時も、盾ぐらいにはなるし」

「やだぁ！　ドクター、マジで鬼畜だわ」

　あっけらかんと放たれたドクターの言葉に、おれは顔を覆った。

そんなやり取りを見ていたニコライは、「ちっ」とおもむろに舌打ちをした。

「どうしても諦めないというのならば、仕方があるまい。ただし、我々の邪魔はしてくれるなよ」

聞き間違いではない。ニコライは了承の言葉をくれた。

「有り難う、ニコライ！」

「邪魔をした瞬間、お前を薄切りのハムにして会社に強制送還するからな」

「おっかないです、ニコライさん！」

「それにまあ、気になることもあるしな……」

ニコライはぽつりと言った。おれは首を傾《かし》げたものの、それには応えてくれなかった。

何はともあれ、おれはまんまと会社から逃げられた。

しかし、これは一時的なものだ。上司が見つかれば、どうあっても会社に戻らなくてはいけなくなる。

本当に、ままならない世の中だ。あっという間に溜まるストレスを、何処で発散すればいいいんだろうか。

スライムやドラゴンに対する人々の反応を思い出す。大半が、それが本物の魔物だとは思っていなかった。今ももしかしたら、人のストレスから生まれた魔物が暴れ、一般人には魔物として認識されぬまま倒されて行ったのかもしれない。

ストレスが溜まるのは分かるが、他人は攻撃したくないものだ。

そうしみじみと思いながら、礼儀として、残ったシャバシャバのコーヒーを全て飲み干したのであった。

第二話　ガンガンいこうぜ

まずは腹ごしらえだ、とニコライに言われて連れて来られたのは、事務所の近くにあるラーメン屋だった。

路地の一角にある小さな店舗だけど、濃厚なスープのいい匂いが漂ってくる。すきっ腹には厳しかった。

お昼前のため、ちらほらと人が入っている。あと少しすれば、満席になってしまうだろう。店内は主にカウンター席で、あとはテーブル席が二つほどあるだけだ。

「おっ、ニコちゃん」

厳《いか》ついガタイの店主が、いい笑顔で迎えてくれる。ニコちゃんと呼ばれたニコライは、涼しい顔をして「いつものを二つ」と言った。

「はいよ。お連れさんのラーメンはニンニクを入れていいのかい？」

「ああ、構わない」

ニコライはおれを奥の席に促す。繊細でゴシックな容姿をした美青年が、都会の年季が入ったラーメン屋にいるなんて、何だかシュールだ。

「それにしても、ニコちゃんって……」

笑いそうになるのを堪える。

「その呼び方はやめてくれといっているんだが、やめてくれないんだ」

　ニコライはむっつりとして答えた。

「いやいや。可愛いんじゃないの、ニコちゃん」

　その途端、カウンターに載せていたおれの手の上に、お冷の入ったガラスのピッチャーが振り下ろされる。

「いてぇぇっ」

「痛くしたんだ。当たり前だろう」

　お冷がなみなみと注がれ、氷がたっぷり入ったピッチャーを片手で持ちながら、ニコライは澄まし顔で言った。

「今度、私をその名で呼んだら、その手を鍋敷きにしてやろう」

「えげつない発想しやがって……。おれ達の仕事は、手が命なのに……」

　ずきずきとする手を摩《さす》る。大丈夫、折れていない。

　もう片方の手は負傷済みなので、こちらも潰されたらたまったものではない。因みに、負傷していた手の方は、ドクターが包帯を巻いてくれた。

「コーイチ、といったか。お前の会社は何処にある」

「市ケ谷だよ。あの、防衛省があるところ」

「靖国神社があるあたりか」

「そうそう、そこ」と頷く。海外の人間にとって、靖国神社の知名度の方が高いのだろうか。まあ、お盆の時期になると国内で彼是と揉めるから、海外のニュースでも取り上げているのかもしれないけれど。

「上司を探すのならば、まずはそこに行ってみよう」

「えっ、でも、もう連れ去られた後だぜ？」

市ケ谷にはいないんじゃないだろうか。

「いや。先ほども言ったかもしれないが、魔物が出現するトリガーは、人間の心身に起因している。つまり――」

「あ、そうか。そのドラゴンも、誰かのストレスから生まれたのかもしれないのか」

ニコライも、そう言っていたような気がする。犯人は、あの中にいるのだ。

「だけど、小瀬村はみんなからウザがられてたしなぁ。誰でも犯人になり得るっていうか」

「ふむ……」

「そう言えば、ストレスの集合体なんかは出ないの？　たくさん集まって、キングストレスみたいな感じにさ」

「全く無いわけではないだろうが、私は話を聞かないな」

　小瀬村に対して不満を持つ者の、想いの集合体かもしれない。そう思えば、やけに大きかったのも説明がつく。

　俺がそのことを伝えると、ニコライに、「先入観を持つべきではない」とバッサリと切り捨てられた。

「ちぇー。いい線を行ってると思ったんだけどな」

「それよりもお前。我々の仕事を手伝うというのなら、覚悟は決めたんだろうな」

「覚悟？」

　首を傾げるおれに、ニコライが露骨な舌打ちをした。

「お前は、ドクターのような情報収集能力も無いだろう。出来るのは、雑用と肉の壁くらいだろ？」

　肉の壁。即ち、魔物に対峙する時の盾のことである。

「な、なにその二択。雑用なら、幾らでもやるって」

思わず、声が震える。スライムの消化液ですら騒いでいたというのだから、ドラゴンを相手にしたらどうなることやら。引っかかれようが、火を噴かれようが、尻尾で叩かれようが、一撃で沈む自信がある。

「二択じゃない。二つともやれということだ」

「肉の壁、確定⁉」

この男、ブラック企業よりも容赦無い。

会社に戻って素直に働いて死ぬか、ニコライにこき使われて無様に死ぬか、究極の二択を迫られているんじゃないだろうか。

「どうした、顔色が悪いぞ」

「……おれの死に場所はどちらが相応しいのかって、悩んでいるところだ」

真顔で答えるおれに、ニコライはしかめっ面を返す。

「何をわけの分からないことを。お前に死なれては寝覚めが悪いからな。事務所に戻ったら、武器を選べ」

「武器⁉」

「いちいち大声を出すな……」

そうしていると、おれ達の前にラーメンのどんぶりが並べられる。こってりとした濃厚なスープの、背脂系醬油ラーメンだった。肉厚なチャーシューも入っていて、白い湯気をほこほこと立てる様は、空腹のおれにとって正に暴力に等しかった。

「じゅるり……」

「私の奢《おご》りだ。冷めないうちに食え。そして、ヨダレを拭け」

口から滴るヨダレを拭い、「いただきます」と手を合わせる。割り箸をパキンと割り、ラーメンに箸をつけた。

ぷりっぷりのもやしと、瑞々しいネギは、口の中でシャキシャキと軽快な音を立てる。だしのよく取れたスープと細い麺が、口の中で絶妙なハーモニーを奏でる。

「おいひい……！」

「どうだ。カップ麺よりも美味しいだろう？」

「カップ麺はカップ麺で美味しいけど、こっちは食べ応えがあるな！　野菜も、今朝採れましたっていうくらい新鮮だし、スープも麺も、コクがあって味わい深いし。あ、ここは天国か……！」

何だか涙が零れてきた。

「へへ。大袈裟だな、兄ちゃん」と、厳つい店員さんも満更ではなさそうだ。

まだ熱々のラーメンを、ハフハフしながら食べる。ちゅるちゅると喉越しもよく、幾らでも入りそうだった。

一方、ニコライもまた、ラーメンを食べるのに集中している。スープが飛び散らないように片手で覆いながら、熱い麺をフーフーと冷ます。箸の持ち方も綺麗だし、食べ方も優雅だった。

「何を見ている」

「あ、いや。ラーメン屋にミスマッチだなぁと思って」

「何だと……。私はラーメン屋に相応しくないというのか」

ニコライは些《いささ》かショックを受けたらしく、元々色白な顔を更に白くしていた。

「いやいや！　食べ方が上品だと思ってさ。悪い意味じゃないって」

「だが、郷に入っては郷に従えと言う。私もまた、ラーメン屋に相応しい食べ方をしなくては……」

「変なところでも真面目だな。そんなのいいんじゃないかな。食べ方なんて自由だって」

肩を落とすニコライを宥《なだ》める。妙なところで面倒くさい男だ。

「ふん。お前に気を遣われるとはな。……チャーシュー要るか？」

「えっ、それじゃあ、謹んで頂きます……」

ニコライからチャーシューを頂戴する。妙なところで律儀な男だ。

「先ほどの話だが――」

「武器の話？」

ニコライは、「そうだ」と頷いた。

「そうそう。その話、おれもしたかったんだ！　武器って、どんなのがあるんだ？　ハルバードはカッコイイよな。アックスも渋くて好きだし。でも、おれは初心者だから、まずはロングソードかなぁ」

長柄の先端に斧のような刃を持つハルバードや無骨な手斧のアックスは、玄人《くろうと》向けの武器という印象だ。だからこそ、ゲームのキャラクターが持っていると、心が滾るのだが。

目を輝かせるおれに対して、ニコライは冷めた顔をしていた。

「お前は、剣道や柔道の類をやったことはあるか？」

「いいや」と首を横に振る。

「では、学生時代に運動部だったり、スポーツクラブに通ったりした経験は？」

「無い」

　学生時代は漫画研究会という名の、だらだらと漫画を読むだけの部活に入っていた。そもそも、自主的に運動をしたことは無い。

「……なるほどな」

　ニコライは眉間を揉む。いつの間にか、ラーメンは食べ終えていた。

「スライムに襲われた時の状態と併せて、お前の実力は、よく分かった」

「えっ、いや、運動はあんまり出来ないけど、いざという時には動けるし！　ロングソードくらいは持たせてくれよ！」

「何が、ロングソードくらいは、だ。あれは鉄の塊なんだぞ。素人《しろうと》が持てるか」

「でも……！」

「仮に頑張ったとしても、翌朝に筋肉痛になるのがオチだ」

　リアルなオチが予想されてしまった。これは悔しいが、黙るしかない。

「それに、銃刀法違反だからな。初心的なことを忘れられては困る」

「そ、それはニコライも一緒だろ!?」

「私は許可を得ている。相応の組織に所属している。だが、お前はそうじゃないだろう」

警察だって拳銃を持っている。猟師だって猟銃を持っている。ゆえに、モンスターハンターも武器を持っていてもいいというわけだった。

「それじゃあ、他に武器なんて……」

「安心しろ。お前に相応しい武器は用意してやる」

「そんなの、あるのか?」

「ああ。ある」

ニコライはあっさりと頷いた。冒険者の初期装備と言えば、ロングソードじゃないだろうか。それ以上に初心者向けの武器を、おれは知らない。

(でもまあ、今はゲームじゃなくて、現実の世界の話だもんな)

現実では、意外とどうにかなるのかもしれない。

「先に言っておくが、お前は率先して戦わなくていい。戦闘は主に私がやる。お前は自分の身を守りつつ、一般人を避難させろ」

「了解。それなら、何とか出来そう」

「重要な役割だからな。怠るなよ」

ニコライの視線が鋭くなる。

言い換えれば、一般人が被害に遭わないための誘導係であり、確かに、重要な役割だった。おれとしても、関係の無い人が巻き込まれるのは御免だ。この任務、命に替えてでも全うしなくては。

いや、自分の命も一緒に守らなくては……。

「が、が、がんばる」

「……本当に大丈夫か？」

かくかくと頷くおれに、ニコライは胡乱《うろん》な眼差しを寄越す。

「まあいい。腹が膨れたならば、現場に向かうぞ」

「えっ、待って。おれ、まだスープを飲んでないんですけど！」

立ち上がるニコライを見て、慌ててどんぶりを傾ける。すると、ニコライは黙って座った。

「あっ、待っててくれるんだ……」

意外と優しい。

「ラーメンは、スープまでじっくりと味わうべきだからな」

おれじゃなくて、ラーメンに優しい。

先に会計を済ませ、おれをじっと待ってくれるラーメンの貴公子を眺めながら、濃厚なスープをゆっくりと飲み干したのであった。


大安軒に戻ったニコライは、先の応接室兼事務室に向かう。そのうちの一席では、ドクターが何やらパソコンに向かっていた。

「何してるんすか？」

「魔物の目撃情報を収集しているのさ」

ドクターは、マグカップの中のシャバシャバのコーヒーを飲みながら答えた。

「へぇ、そんなのあるんですか。もしかして、町中に設置された監視カメラを確認してるとか？」

「うんにゃ。そんなアナログなことはしないよ」

ドクターは手招きをする。おれは促されるままに、パソコンの画面を覗き込んだ。

「あれ？　ＳＮＳの検索画面じゃないですか」

「そ。今の時代、何か変わったことがあれば、みんなここに投稿するだろう？　だから、監視カメラを使う必要なんて無いのさ」

自身の行動を思い出す。確かにおれも、スライムと遭遇した時はＳＮＳに投稿しようとしていた。皆に共有され、『いいね！』をされることによって、承認欲求が満たされるからだ。あと、単純に、驚きを共有したいというのもある。

「でも、この情報って確かなんですか？」

「確かかどうかを確認するのが、ニコちゃんの仕事さ」

「ああ……」

部屋の片隅にある業務用のロッカーを開けて、ごそごそと何かを漁《あさ》っているニコライの後ろ姿を見やる。

「まあ、情報の確度が高いやつを狙えば、そんなにひどいことにはならないけどね。ただ、位置情報が無い投稿は、面倒くさいんだよなぁ」

「ああ、確かに」

「そういう時は、投稿画像と一致する場所を、ストリートビューで探すんだけどね。

だが、ストリートビューも、撮影した時から様子が変わっていたりするしなぁ」

「面倒くさそうですね……」

「それに、ニコちゃんの移動手段は、基本的に公共交通機関と徒歩だし」

「徒歩⁉」

ロッカーの中身をひっくり返しているニコライの脚を見てしまう。ボトムスの上からだと分からないけれど、すらりとして長い脚なので、歩幅もあることだろう。しかし、幾らなんでも徒歩とは。

「バイクの方が早いし、小回りが利くし、何とかライダーみたいでカッコイイのでは？」

思わず本音が漏れる。

「だが、バイクにまたがって戦闘をするのは大変だろう？　それに、道路は渋滞があるから、現場に早く着かない可能性もある」

「ああー、なるほど。東京の道路は交通量が多いしなぁ」

「あと、魔物は駅の構内とか、入り組んだ屋内に出現することも珍しくなくてね」

確かに、スライムもダンジョンと呼ばれる新宿駅に現れた。

「日本に来たばかりの時に、池袋駅で目撃情報が上がってたから、ニコちゃんはバイクで現場に行ったんだ」

新宿から池袋駅までバイクで行き、駅前の歩道の一角にバイクを置いて、池袋駅へ入ったらしい。しかし、問題が発生した。

「ニコちゃんがどんなに探しても、魔物は見つからなかったんだ。SNSでは、目撃情報が次々と投稿されているというのにね」

位置情報は投稿されていなかったので、ニコライの目で探さなくてはいけなかったのだという。しかし、緊急事態は続いているというのに、肝心なその現場が見つけられない。一体、どういうことだろうかと、ニコライもドクターも頭を抱えたのだという。

「そこで、我々は致命的なことに気付いた。SNSでは、『池袋駅前の西武百貨店で見たことのない動物が暴れている』と書かれていたから、西口の方を探していたんだ」

「ま、まさか……」

嫌な予感がして、息を呑む。ドクターはトーンを低くして、慄《おのの》くような声でこう続けた。

「西武百貨店があるのは、東口だったんだ」

池袋の不思議を歌った歌を思い出した。そこでは、東が西武で、西が東武だと言っていた。

嗚呼《ああ》、ビックカメラの歌を知っていれば、そんな悲劇は起こらなかっただろう。

「まあ、その時はニコちゃんの頑張りで、事なきを得たんだけどね。悲劇はそこで終わらなかったんだ」

「まだあるんすか……」

新宿は魔界都市と言われているけれど、池袋も大概に魔境だ。副都心線が登場してからは、地下鉄もより複雑になり、地下道からは思った場所に出られないというダンジョンっぷりだ。それでも、東が西武で西が東武という以外は、街の構造はそこまで鬼畜ではない。

しかし、ドクターはわざとらしく声を潜めて、こう囁《ささや》いた。

「なんと、バイクが駐禁でレッカーに持って行かれてたんだよ」

「何たる鬼畜の所業！」

路上駐車に優しくなかった。尤も、人通りが多い道路に路上駐車なんてされたら、邪魔で仕方がないんだろうけど。

「それ以来、ニコちゃんは公共交通機関と徒歩で移動するようになったね。まあ、東京は地下鉄が網目のように巡ってるし、身一つで大体の場所には行ける。それが無理なら、タクシーを使えばいい」

「まあ、地下鉄も地上の駅も、散歩がてら歩いているうちに、隣駅に着きますしね……」

都会ならではの交通事情に、しみじみとしてしまった。

そんな中、「あったぞ」というニコライの声があがる。

「えっ、何があったの？」

「忘れたのか。お前の武器だ」

ニコライは顔だけこちらに向けて答える。

「武器を探してたのか！　っていうか、武器がこんなロッカーの中にあるのかよ！」

何の変哲もない業務用ロッカーである。壁一面に武器がずらりと並ぶ、武器庫のようなものを想像していたというのに。

「で、おれ向けの武器って？」

業務用のロッカーだし、期待しないでおこう。木刀か竹光が精々だろう。

「これだ。有り難く受け取れ」

ニコライに差し出されたものを受け取る。

握った感触は思ったよりも優しく、やけに手に馴染む。森林の爽やかな香りが鼻腔をかすめ、自然と心がリラックスしていく。

おれに渡されたのは、そんな棒だった。

「棒だ!?」

思わず二度見してしまった。だが、何度見ても、それはただの棒だった。柄に当たる部分も、刃に当たる部分も無く、装飾も施されていない。

「ああ、棒だ」

「棒かよ！」

「ただの棒ではない。ひのきの棒だ」

「ひのきのぼう!?」

国民的なロールプレイングゲームにおける、最弱の武器だ。確かにこれならば、ど素人のおれが振り回しても安全だろう。

「だからって、ひのきの棒……」

「何故落ち込むんだ。ひのきと言えば、お前達の国では最高の木材だろう。かの有名な、法隆寺や薬師寺もひのきで造られたと聞く。一説によれば、『日の木』とも書くそうだから、お前達にとって神木のようなものではないのか？」

「マジか……。そんなに凄い木だったんだ……」

最弱の武器というイメージと、春になると、スギ花粉の後に猛威を振るうというイメージしかなかった。これからは、認識を改めなくては。

「ほら、鞘《さや》もある」

ニコライは布袋を放る。

「どうも。でも、鞘って言うのかな、これ」

リコーダーを入れる袋みたいだ。と思いながら、布袋にひのきの棒を納める。

「ドクター、ドラゴンの目撃情報は？」

「うーん。今のところは見当たらないね。静かなものさ」

「市ケ谷の辺りに、何か変化はあるか？」

「特には」

無い、と言わんばかりに首を横に振る。

「……そうか」

ニコライは溜息を吐く。それは、安堵というよりも憂いを含んでいるように思えた。

何故だろう。魔物が出現しない方が、平和でいいんじゃないだろうか。

「まあいい。行くぞ、コーイチ。お前の会社に案内しろ」

「了解」

コートの裾を翻して事務室を出るニコライに、のろのろとついて行く。「いってらっしゃーい」というドクターの間延びした声を、背中に聞きながら。

「市ケ谷ならば、総武線の各駅で一本だな」

「そうっすね」

「……どうした。ノリが悪いぞ」

階段を下りながら、ニコライがこちらに視線をくれる。

「だって、会社に戻りたくないし……」

先輩達に何と説明したらいいものやら。

ドラゴンを探して新宿まで行ったけど、小瀬村もドラゴンも見失った。その代わりに、魔物を倒しているという青年に会って、協力して貰うことになった。更に、そのドラゴンは、誰かのストレスの権化である可能性が高い。

そう報告したところで、どうせよというのか。「小瀬村にストレスを感じている人は、手を上げてー」と自己申告を促せというのだろうか。みんなが空気を読み合って手を上げない可能性もあったし、上げたからと言って、ドラゴンを生み出した者とは限らない。

まあ、後は、プロのニコライに任せればいいんだろうか。

「ニコライも大変だよな。新宿に行ったり、市ケ谷に行ったり。こう頻繁に、魔物って出るもんなの？　おれ、あんまりSNSでそういうのを見ないんだけど」

「本気だと思われず、あまり共有をされていないのが現状だ。そして、大ごとになる前に、我々が処理をする」

それに、日本に元々いるモンスターハンターも存在しているらしい。彼らが、人知れず処理をしているんだろう。

「うーん。そう考えると、フィクションのヒーローみたいでカッコイイな。日常では見られない、世界の裏側を見ている感じだ」

「そうなのか。私にとっては日常だから、そんな感覚は無いな」

建物から出ると、駅へと向かう。人通りが無い路地から、大通りへと出る。午後になったため、人はさらに増えていた。制服姿でぶらついている学生なんかもいる。

「ああして普通に過ごしている間も、人知れず民間人を守っている人間がいるなんて、燃えるシチュエーションだと思うんだけどな。人目につかないところで、黙々と使命を果たすっていうのに、男は憧れるものなのさ」

「人目につかないところで、人々の日常を守る……か。家で亡くなった独り暮らしの家主の遺体を、ビニールシートでひっそりと運ぶ警察のようなものだな」

ニコライは納得したように頷く。

ちょっと待て。お前のヒーロー図は、そこにあるのか。まあ、事件の処理をひっそりとするのも、日常を守るために大切なことだが。

「先ほどの話だが」

「ん？」

「魔物は、そこまで頻繁に出るわけでは無い」

「そうなの？　でも、今日だけで二件発生してるじゃないか。それでも、少ない方ってわけ？」

「いや、一日に二件は多い。だが、基本的には、こうやってまとまって発生する。頻度自体は少ないんだ」

「へぇ。流行があるなんて、インフルエンザみたいだな。まあ、出て来る魔物はスライムやドラゴンだし、ウイルスと一緒にしちゃあいけないんだろうけど」

「……まあな」

ニコライはそう言ったっきり、黙ってしまった。思索に耽《ふけ》るような横顔を見ると、こちらも無駄口が叩けなくなる。

沈黙したまま、新宿駅へと辿り着く。

目指すは市ケ谷。その前に、ダンジョンを無事に攻略し、総武線のホームに着かなくてはいけなかった。

市ケ谷駅はＪＲの他、東京メトロと都営地下鉄が乗り入れている。新宿ほどではないが、行き交う通行人の数は多い。

　重い足を引きずるようにして地下道を往く。すると、大勢の通行人のうちの二人組が、こちらを見つけて足を止めた。

「あっ、ニコライさんだ」

　若い男子だ。おれと同じか、寧《むし》ろ学生かもしれない。その横には、背の高い男がいた。こちらも若いが、おれよりは年上だろう。弓道部が持っているような、大きな荷物を背負っていた。彼もまた、ニコライの方を見て黙礼をする。

「君達か」

　ニコライは軽く一礼をして、そのまま去ろうとした。しかし、大学生っぽい男子はニコライの方に駆け寄って来た。

「わー、覚えていてくださったんですね！　感激だなぁ！」

　彼は目をキラキラと輝かせている。明らかに尊敬の眼差しだ。

「この人達って……」

「同業者だ」

　ニコライは手短に紹介してくれた。つまりは、彼らも魔物狩りをしているということか。異国情緒が溢れるニコライとは違い、彼らは普通の日本人に見えた。しかし、立ち居振る舞いは、周りの人間と何かが違う。二人とも、隙が無いように思えた。

「同業者だなんて。ニコライさんと並んで語られるのもおこがましいっていうか、月とスッポンっていうか」

若い男子は照れ臭そうにそう言った。

「ニコライって、そんなに有名人だったのか……」

「は？　ニコライさんを呼び捨てにするなんて、お前、何者だよ」

お前。

おれよりも年下と思しき男子は、しかめっ面でそう言った。

「どうして、一般人がニコライさんにくっついてるわけ？　いや、でも、武器を持ってるみたいだし……」

手にした布袋をじろじろと見つめる。この中にひのきの棒が入っていると知られてはいけない。そう察したおれは、慌てて布袋を背中に隠した。

「もしかして、ニコライさんのパートナー⁉　でも、ニコライさんはソロで活動してるんじゃ……」

「もういいだろう。迷惑がかかる」

もう一人の青年が、生意気男子に声をかける。生意気男子は口を尖らせ、渋々と引き下がった。

「邪魔をしてすいませんでした。人手が必要なら、いつでも駆けつけますんで」

「……気持ちは有り難く受け取っておく」とニコライは返した。

「では」

青年は丁寧に頭を下げると、大荷物を携えながら、もう片方の手で生意気男子を引きずって行く。

「何だったんだ……」

おれが呆気に取られていると、ニコライは踵を返す。

「魔物狩りは二人組でやってるってことか？　でも、ニコライのパートナーって、ドクターなんじゃあ……」

「ドクターは戦闘には参加しない。パートナーというよりも、補佐だな。そもそも所属が違うし」

「ふぅん……」

ニコライは強いからソロでも平気ということなんだろうか。しかし、ニコライはそれ以上語ろうとしなかった。彼の背中は、尋ねられることすら拒絶しているかのようだった。

市ケ谷駅を出ると、見慣れた街の風景がおれを迎えた。

ひたすら延びる靖国通りの左右には、ビルが行儀良く並んでいる。新宿のような雑然さは、あまりなかった。

歩く人間も、ビジネスマンが多いように思える。まあ、主にオフィス街なので当たり前か。特筆するような遊び場も無く、人の住まいもそれほど多くないので、深夜になるとぐっと静かになる。そんな中、残業で帰れなかったおれ達は、ゾンビの如く蠢《うごめ》いているのだ。

「なあ、ニコライ。このまま真っ直ぐ行って、九段下まで突っ切っていい？」

「駄目だ。大いに駄目だ」

「ですよねー……」

ガックリと肩を落とす。仕方ないので、徒歩十分弱という距離を歩き、ニコライを自社まで案内した。

立ち並ぶビルのワンフロアに、自社はあった。

エレベーターに乗るだけで、胃がキリキリする。コンビニに行こうとする同僚と鉢合わせしたらどうしようと思ったものの、幸い、誰にも会わなかった。

「なあ、ニコライ。会社の場所を教えたら、おれ、帰っていい？」

「お前……何をしに来た……？」

絶対零度の瞳に見つめられ、身体のあらゆる場所が縮み上がる。

前門の自社、後門のニコライ。おれはどうあっても、この状況から逃れられないというんだろうか。

会社の扉は開けっ放しだった。受付用の電話があり、来客は、内線で総務のお姉さんを呼ぶことになっている。

そうだ。総務のお姉さん、呼ぼう。

おれの頭にナイスなアイディアが閃く。偶然退席しているなんてことになっていないよう祈りつつ、内線をかけた。

コール音が一回しただけで、聞き覚えのある女性の声が電話口に出る。総務のお姉さんの優しい声に、心が解きほぐされるのを感じた。

「あ、あの、おれです。おれ、おれ」

「申し訳御座いません。当社では、アポ無しのセールスはお断りしております」

「い、いや、違いますって。我妻です……！」

「我妻さん⁉」

総務のお姉さんが声を上げるので、「しーっ」と人差し指を立てた。勿論、見えるわけがないけれど。

「すんません。ちょっと、出て来て貰えませんか？　複雑な事情があって」

電話越しに何回か頭を下げると、総務のお姉さんは「分かりました」と声を潜めて了解してくれた。

程なくして、聞き慣れた足音がやって来る。

現れたのは、綺麗なアラサーのお姉さんだ。と言っても、物凄く美人というわけではない。身綺麗にしていて、清潔感が漂う女性ということだ。

苗字は、楠本《くすもと》さんという。下の名前は知らない。既婚者で、去年、第一子を産んでいるとのことだった。

「我妻さん。どうしたんですか？　あっ、そちらの方は、お客様？」

ニコライを見るなり、楠本さんは口に手を当てる。何だか、おれを見た時よりも目が輝いていた。楠本さんもイケメン好きなんだな、と思いながら、さり気なく会社から遠ざかるように後退した。

「詳しい事情を説明するんで、ちょっとお時間ください。その、お忙しい中、申し訳ないんですけど」

「別に構わないんですけど……。会議室を押さえましょうか？」

「い、いや、会社の外がいいです！」

おれは飛《と》び退《の》きつつ叫ぶ。

「会社の人に聞かれちゃ、まずいこと……？」

「そうだ。故に我々は、誰にも邪魔をされない落ち着いた場所で話をしたい。協力して貰えるか？」

言葉こそは尊大なものの、ニコライの口調は柔らかく、懇願しているのだということが伝わって来た。赤い瞳に見つめられた楠本さんは、「は、はい」と頬を赤らめる。

悲しいかな、その目から、おれのことは完全に除かれているように見えたのであった。

おれは二人を、少し会社から遠い喫茶店に案内した。

店内に入ると、真ん中の方の席を勧めるウエイトレスを無視して、奥の席を確保する。観葉植物で入り口から隠れるので、万が一、同僚がやって来てもやり過ごせる。

入念にそんなチェックをしてから、おれは楠本さんに事情を説明した。おれの至らないところは、ニコライが補足をしてくれる。楠本さんは、ニコライの方ばかり見ていた。

「――というわけなんです」

説明を終えたおれは、運ばれてきたコーヒーを飲み干した。当たり前だが、シャバシャバではなかった。

楠本さんは、「そう……なんですか……」と言葉を濁す。

「いきなりこんな話をして、戸惑ってしまうのは分かります。でも、これは新作のゲームの設定とかじゃなくて、本当のことなんです」

「……ええ。我妻さんが言っているだけならそう思いますが、ニコライさんがおっしゃるなら、本当のことなんでしょう」

楠本さんは真面目に頷いた。おれはちょっと傷ついた。

「それに、ドラゴンを見たという人は、社内にたくさん居ましたから。最初は、みんな徹夜続きだったようだから、救急車を呼んだ方がいいのかと思いましたが」

「ん？　ドラゴンが現れた時、あなたはそこに居なかったのか」

ニコライが問う。

「ええ。娘が『保育園に行きたくない』とぐずっていて……。それで、遅れてしまったんです」

楠本さんは、九時出社で十八時に退勤となる。それまでは、おれ達と終電直前まで残っていたが、産休明け以降は、ずっと定時で帰っている。

「ふむ、なるほどな。子供の件は大変だっただろうが、巻き込まれなくてよかったな。怪我でもしたら、夫も娘も心配するだろう」

ニコライの言葉に、「お、お気遣い有難う御座います」と楠本さんは頬を染める。夫さんが見たら、ニコライの首を絞めそうな状況だ。

「それにしても、小瀬村さんに恨みがある人物の犯行なんですね」

「犯行っていうか、ウーン」

刑事ドラマのようなノリに、首を傾げてしまう。この場合、犯罪に当てはまるんだろうか。

「ここだけの話、あの人のことをよく思っている人、あまり居ないと思うんです」

楠本さんは声を潜める。

「楠本さんも、色々と聞いてるんですか？」

「陰で、『ムカつく』とか『非常識だ』とか言われているのは聞きましたね。やっぱり、人使いが荒かったじゃないですか。部下に全部任せて、自分は飲みに行っちゃったり、帰っちゃったりして」

楠本さんの話に、うんうんと頷く。

「かくいう私も……」

「えっ、楠本さんも何かされたんですか？　セクハラ？　パワハラ？」

そのどちらでも、かなり嫌だ。楠本さんが居るだけで、場の空気が和らぐ。いわゆる、癒し系キャラなのに。

「そんなに大袈裟な話じゃないんですけど……、いつも定時で帰れていいよね、って言われちゃって」

「ああ、なんだ。そんなことかぁ」

ホッと胸を撫で下ろす。すると、楠本さんは顔を曇らせた。

「そんなことって……」

「いや、てっきり、ハラスメント行為を働いたのかと思って。定時で帰れていいなというのは、みんな思ってることですもん。ほら、おれらは泊まり組ですし」

ははは、と乾いた笑みを浮かべる。楠本さんもまた、眉尻を下げて苦笑をした。

「いっそもう、結婚して子供つくって、早く帰りたい。って思う時もあるんですよね。だけど、男は産休を取り辛いじゃないですか。イクメンなんて言葉はあるけど、まだ、男の育児は定着していない感じだし。タツノオトシゴみたいに、男も腹を痛めて産めればいいのに、って嘆いていた奴もいますよ」

「そう……ですか」

楠本さんはうつむく。

あれ？　これは言ってはいけないことだったんだろうか。

「すまないが、件《くだん》の人物の陰口を叩いていた人間を、リストアップしてくれないか？」

話に割って入るように、ニコライが手帳とペンを楠本さんに差し出す。

「あっ、そうですね。ドラゴンを生み出した人物を探しているんでしたっけ」

「ああ。その人物が抱えている問題さえ解決すれば、ドラゴンは消滅し、戦闘は避けられる。私としても、危険は少ない方がいいからな」

「そうでしょうね。ご家族も心配するでしょうし」

「…………」

ニコライは沈黙を返す。楠本さんはハッとした。

「あ、ごめんなさい……！」

「いや、いい」と言ったきり、ニコライは黙ってしまった。楠本さんもまた、申し訳なさそうにペンを走らせる。

ミステリアスな男だとは思ったけれど、やはり深い事情があるらしい。両親が亡くなっているのか、何か理由があって別居しているのか、それとも、おれに想像出来ないようなことを背負っているのか。

いずれにしても、おれも簡単に立ち入る気はしなかった。物凄く、興味はあったけれど。

「どうぞ。こちらです」

楠本さんは、ニコライに手帳を渡す。ニコライは、楠本さんに断ってから、おれにそれを見せてくれた。

「ああー。成程ね」

同僚の名がずらりと書かれている。確かに、小瀬村に恨みがありそうな奴ばかりだった。

「……名前は分かったけど、こいつらにも事情聴取をするんだよな？」

「そうだ、と言ったら不満か？」

「いや、なんていうか、おれがその場にいたら、いきなりプロジェクトを抜けたって罵られそうだと思って」と、声が震える。

「大丈夫ですよ。今は皆さん、機嫌が良いみたいですし。プロジェクトの方も、順調に進んでるからじゃないでしょうか」

楠本さんの言葉に、少なからずショックを覚える。

「おれが居なくても、ちゃんとプロジェクトが回ってる……！」

「あっ、我妻さんの分は、前任してた人がやってるんですよ。ほら、我妻さんに仕事が渡ってから、そんなに時間は経ってないじゃないですか」

楠本さんの言うとおりだった。おれが抜けても、穴は小さい。

おれの穴埋めはともかく、プロジェクトマネージャーが居ないのに進んでしまうプロジェクトって、一体何なのか。

「……いっそ、このまま戻って来なければいいんだけどな。でも、そういうわけにもいかないし」

「この人物達は、今、会社に居るのか？」

ニコライは、容疑者の名前がリストアップされた手帳を楠本さんに見せる。

「はい。誰も休んでおりません」

「分かった」

「呼びましょうか？」

「いや、いい」とニコライは首を横に振った。

そのまま、我々は喫茶店を出る。会社が入っているビルの前まで楠本さんを送り届け、ニコライとおれは会社の前に残った。

「いいのか？　おれ、また内線で呼ぶのはいやだよ」

「問題ない」とニコライは澄まし顔だ。

「やっぱりもう、ドラゴンは居ないってことか？」

「どうしてそう思う？」

今度は逆に、ニコライが聞く番だった。

「だって、容疑者を教えて貰ってるのに、何もしないじゃないか。普通だったら、他の連中も事情聴取するはずなのに。……それに、プロジェクトだって進んでるみたいだし」

ストレスが無くなれば、魔物は消える。それは、スライムの時にこの目で見た。

「あとは、ドラゴンが飛んで行った方角を正確に分析して、小瀬村を保護するだけじゃないかな」

いっそのこと喰われていてくれ、という発言は呑み込んだ。でも、喰われていてくれれば、この一件は無事平穏に終わるのではないだろうか。

「……コーイチ」

ニコライが物言いたげにこちらを見ていた。

その時である。

「ドラゴンだ！」

　頭上で声がした。この声は聞いたことがある。同僚にして、容疑者リストに載っていた奴のものだ。

「えっ、あれ？　ドラゴンが発生した原因って、小瀬村が居たからじゃないの？」

「……ひとまず、見に行くぞ」

　外からでは分からない。会社の窓は開け放たれている——というか今朝のドラゴンの襲撃で割れているが、中の様子は見えなかった。

「中で暴れているってことか？　でも、あのドラゴン、そんなに小さくなかったぞ」

　室内に入ろうものならば、身動きが出来なくなりそうだったのだが。

　百聞は一見に如《し》かずと言わんばかりに、ニコライはエレベーターに乗り込んだ。おれもそれに続く。

「武器は持っているか」

「大丈夫。ひのきの棒なら、ここにある」

　ちゃんと、布袋に入れて持ち歩いている。

「お前は従業員を避難させろ。エレベーターは危険だな。このビル、非常階段はあるな？」

「ああ」と頷く。

「ドラゴンの目的は、小瀬村だけじゃなかったってことか？」

「そもそも、今暴れているのが本当にドラゴンか分からない」

ニコライはそう言うなり、目的地に着いて停止したエレベーターのカゴから飛び出す。

その瞬間、『シャアアア！』という雄叫びが聞こえた。鼓膜を守るように、思わず耳を塞ぐ。蛇とライオンを足して三倍すると、こんな風になるんだろうか。

会社からは何人かの先輩が飛び出して来た。思わずニコライの後ろに隠れようとするが、奴らは、おれのことなんて目もくれなかった。

「うちの会社はどうなってるんだ！」

「誰かどうにかしてくれよ！」

「社長は外出中だってよ、チクショー！」

おれ達が乗っていたエレベーターに殺到する。しかし、人員オーバーで扉が閉まらなかった。

「おい、これ以上無理だって！」

「そんなこと言っても、逃げ遅れたら喰われるだろうが！」

先に入っていた人間は後から来た人間を押しのけ、後から来た人間は、何としてでも乗り込もうとする。

「ちょっと待ってくださいよ。エレベーターは危ないですって。非常階段から逃げましょうよ！」

おれは非常階段の扉を開く。

「我妻。逃げたんじゃあ……」

「に、逃げてなんてないですし。小瀬村さんを探してましたし！」

逃げようとしたが未遂になったので、嘘は言っていない。

「とにかく、早くこっちから逃げて！　後は、おれがどうにかします！」

「お前が……？」

驚愕。不安。そんな眼差しが突き刺さる。

「お、おれじゃなくて、ここにいる美形モンスターハンターが！」

ニコライを指し示す。しかし、ニコライは取り合おうとせず、社内に飛び込んで行った。

「ま、待ってくれよ！」

先輩達を非常階段へと促し、急いでニコライの後を追う。

入り口からすぐのところに、パーテーションで区切られた分かれ道がある。

左手が社長室と会議室と給湯室に通じる通路で、奥が事務所だ。咆哮《ほうこう》は、奥から聞こえる。まだ人が残っているようで、阿鼻叫喚も聞こえた。

「我妻さん」

給湯室から、楠本さんが顔を出す。

「一体何があったんですか？　その、私、お茶を淹れていて……」

「楠本さん、無事だったんですね。なんか、ドラゴンが現れたみたいで」

「ええっ⁉」

楠本さんの顔面は蒼白になる。無理も無い。

だが、何だろう。楠本さんの顔を見た時、違和感があった。何となく、顔の印象が薄くなった気がする。

しかし、そんなことよりも、楠本さんを逃がす方が先だ。

会議室に灯りはついていない。幸い、来客は無かったようだ。

「……コーイチ。私は先に行くぞ」

「あ、ああ」

楠本さんを非常階段に促すと、急いでニコライの後を追う。

事務所は、ひどいことになっていた。

書類があちらこちらに散らばり、パソコンもまた、ひっくり返されたカメみたいに無様な姿になっている。同僚が机に積んでいたフィギュアも、四肢を投げ出して床に転がっていた。ついでに、同僚も転がっていた。

「お、おい。大丈夫か」

「我妻……。どうして戻って来たんだ……！」

同僚は足を押さえて呻く。どうやら、ひねってしまったらしい。

『ギャオオオオン！』

耳をつんざく雄叫びは、事務所の奥からだった。ニコライがシャシュカを構えて対峙する。

壊れたブラインドと割れた窓ガラスを背に、真っ昼間の太陽の光を浴びながら、そいつは居た。

蝙蝠《こうもり》のような膜を持った強固な翼に鋼鉄のような鱗。ナイフのようなかぎ爪が生え揃った脚を持った異形だった。

だが、件のドラゴンよりも小柄だ。しかも、前脚が無い。

「ワイバーンか！」

ドラゴンの亜種である。強力な魔物だが、ドラゴンには及ばない。

それでも、ずらりと並んだ歯は、人の肉を切り裂くのに充分な鋭さを持っていた。

お近づきにはなりたくない。

「クソッ、ドラゴンとワイバーンの区別がつかないなんて、有り得ないだろう……！」

「残念ながら、一般的には馴染みが無いからな。つかない者は多いと思うぞ」

ニコライの容赦ないツッコミが炸裂する。

それでも、仮にもゲームを作っている会社の社員じゃないか。区別くらいつけてくれ！

そうしている間も、ワイバーンは咆哮をあげて暴れている。机の上のパソコンを咥《くわ》えては、天井に放り投げていた。ガシャンという派手な音を立てて、パソコンは床でお亡くなりになる。

「ひぃぃ。俺もあんな風に食べられちまうんだ……！」

同僚は涙を流しながら蹲《うずくま》る。

そんな彼に、手を差し伸べた。

「諦めるのはまだ早いぞ。片足は動くんだろ。さっさと逃げろ。おれが、支えてやるから」

「我妻……」

そんな同僚の様子を見て、ニコライはハッとした。「お前」と同僚に駆け寄る。

「奴の攻撃を受けたわけでは無いんだな？」

「あ、ああ。もし、あんな牙で嚙まれたりしたら、足や手なんてもげてるって」

同僚は、おれの手を取りながら、何とか立ち上がる。

「他に怪我をした者は？」

ニコライの問いに、おれも或《あ》ることに気付いた。

あれだけの人数がパニックになっていたにもかかわらず、目立った怪我人は見当たらなかった。気絶しているのか、無傷のまま転がっている人間は、何人か居るけれど。

「怪我は……した奴は居ないな。あのドラゴン、机の上のものに当たったり、その辺のものをぶちまけたりしてるだけだから……」

まるで、怒り狂っているかのようだった。しかし、人間を襲うほど凶悪ではなかった。

「ストレス発散でもしているみたいだ……」

そう呟いた瞬間、ワイバーンはぴたりと止まってしまった。

同僚は、「ひっ」と声をあげる。ニコライは、おれ達とワイバーンの間に割って入る。しかし、ワイバーンはこちらを見ずに、窓の外を見やる。

「あっ、逃げた！」

急に翼を羽ばたかせ、窓から飛び出してしまった。

「助かったぁ……」

同僚は、へなへなと座り込む。しかし、ワイバーンが向かった先は、空ではなかった。

「あそこには、逃げた連中がいるんじゃ……」

おれがそう言い終わらないうちに、ニコライが会社から飛び出した。おれも全速力でそれに続く。あそこには、楠本さんも居るはずだ。

外に面した非常階段を、転がるように駆け下りる。地上からは、悲鳴が聞こえて来た。

「楠本さん、みんな！」

階段を降り切った先で待っていたのは、避難した人々の周りで暴れまくるワイバーンの姿だった。白昼堂々と、翼を大きく広げて咆《ほ》えまくっている。

『シャアアッ！』

ワイバーンは、周りで後ずさりをする人々に向かって、ガチガチと牙を鳴らした。まるで、頭からバリバリと喰ってやるぞと言わんばかりに。

そのうちの一人が、弾かれたようにスマホを取り出す。警察に電話をしようとしているらしい。

だが、それに気付いたワイバーンは、威嚇《いかく》する鳥の如く走り出した。

これはまずい。

瞳には、明らかな殺意が滾っている。ニコライも気付き、抜き身のシャシュカを持って地を蹴った。

「待て！」

ニコライが割り込む。金属音が響いた。ワイバーンの鋭い牙を、ニコライのシャシュカが受け止めていた。

おお、と群集から歓声が上がる。スマホを持った同僚は、脱力のあまり、ぺたんと尻餅をついてしまった。

ニコライはワイバーンを押さえているものの、相手の方が力強い。少しずつ、踏ん張った足が押されていく。

「ニコライ、おれも！」

布袋から、ひのきの棒を解き放つ。しかしニコライは、「来るな！」と叫んだ。

「じゃあ、避難の誘導を――」

「それもいい！」

ニコライの口から飛び出した指示に、耳を疑う。

「避難をさせなくてもいいって、どういうことだよ！」

「発生源が分かったからだ！」

「な、なんだって……!?」

話の流れが分からない同僚達は、首を傾げるばかりだ。意味が分かった楠本さんは、不安そうに周囲の人間を見回す。

「こいつは、『今まで殺して来た本音の化身』なんだろう。いっそのこと、本音をここでぶちまけてしまった方がいい」

ワイバーンの牙を受け止めながら、ニコライは言う。ワイバーンの鼻息のせいで、銀の前髪が不自然に煽られている。

「本音の……？　一体、誰の本音なんだ」

おれは問う。周囲に居た皆も耳を傾ける。会社に置いてきた同僚も、割れたガラス窓から顔を覗かせていた。

「私はお前の会社の事情を、全て知っているわけではない。しかし、この短期間に気付いた違和感が、私を導いてくれた」

ニコライの赤い瞳は、周囲の社員をぐるりと眺める。そして、或る人物のところで止まった。

「クスモト女史。君は、この会社に、いや、この会社の社員に、大きな不満を秘めているな？　それこそ、一人で給湯室に残り、ひっそりと泣いているほどに」

ニコライの視線に促されるままに、皆の視線が楠本さんに集中する。楠本さんの顔は、真っ白になっていた。

「え、わ、私が、そのドラゴンを……？　ひ、秘めているって……」

「ま、まさか。楠本さんのわけが無いだろ！」

おれはとっさに弁護する。同僚達も、まさかと言わんばかりの表情だった。

「だが、そのワイバーンの行動は、明らかに会社の社員に不満がある者の動きだ。基本的に、人間を傷つけようとはしないが、自分が暴れているところを見せつけようとする」

「で、でも、どんな不満が……」

「お前達は、定時に帰る彼女を良く思ってなかったのだろう？」

その一言が、おれの胸を抉《えぐ》る。楠本さんは、黙ってうつむいてしまった。同僚達は、気まずそうに顔を見合わせる。

「別に、悪く思ってたわけじゃ……」

「だが、羨んでいた。彼女は彼女の然《しか》るべき義務を果たしているというのに、さも、彼女が自身よりも苦労をしていないと言わんばかりに。――それが、彼女の精神に負担を掛けていたんだ」

そうなんだろうか。と楠本さんの方を見やる。彼女は、ぎゅっと下唇を噛み締めていた。何かに、耐えるように。

「ど、どうして給湯室で泣いていたなんて、知っているんだ？」

同僚の一人が尋ねる。

「簡単なことだ。先ほど、給湯室から出て来た彼女と会ったからだ。客が居ないのに、お茶を淹れていたと言い訳をしていたからな。それに――」

「あ、そうか。化粧だ！」

おれは、楠本さんと会った時の違和感を思い出した。

「目の周りの化粧が涙で落ちてたから、顔があっさり系に見えたんだ！」

見えたんだ！　と、おれの声のエコーが響く。同僚達は、完全に引いていた。

「え、どうしたの？」

「お前、それは気付いてても言っちゃダメだろ……。しかも、本人の目の前で……」

ひゅっと風を切る音がする。次の瞬間、ワイバーンの長い尾が、おれの頬を直撃していた。

「ひでぶっ！」

宙を華麗に舞い、アスファルトに落下する。地面に叩きつけられた尻が、横に割れるように痛かった。

ワイバーンはいつの間にかニコライから離れ、おれの方を向いていた。地べたに落ちているおれに、真っ赤な口を開けて威嚇する。

「ご、ご、ごめんなさい！」

流れるような土下座。これで許して貰えなかったら、靴の裏をなめよう。

ワイバーンの？　楠本さんの？　どっちか分からないから、もう、両方でもいい。

しかし、ワイバーンはそれ以上、おれにどうこうする気配はなかった。

「……クスモト女史。皆がいるここで本音をぶちまけてしまってはどうだ。理解して貰うことで、解決することもある。だが、何も言わなくては、理解はされない」

シャシュカを抜いたままのニコライが言う。その声色は、包み込むように優しかった。

土下座の姿勢のまま、おれはそっと顔を上げる。楠本さんもまた、いつもより少しだけシンプルになったお顔を上げた。

「そ、そうよ。私が定時で帰ろうとすると、みんなが白い目で見て来る。何であいつだけ残業をしないのかと言わんばかりに。私は私で、自分の仕事を片付けてから帰っているのに……！」

楠本さんが握った拳は、ぶるぶると震えていた。

「それに、私は帰宅してから、テレビを見てビールを飲んで、早く眠れるわけじゃないの！」

楠本さんは、目に涙をたくさん溜めてそう言った。声はかすれていたけれど、彼女の言葉には重みがあった。

「子供を迎えに行って、買い物をして、家族のご飯を作って、食器を片付けて、子供を寝かせて、洗濯物を畳んで……！　後はもう、クタクタになって眠るしかないの！　朝も早く起きて、洗濯をして、朝食を作って、朝食が終わったら食器を片付けて、急いで子供を保育園に連れて行って、その足で出社しなきゃいけない……。会社に来る前も、帰った後も、私の時間なんてないの！」

楠本さんの話を聞いて、自分の母親のことを思い出す。

専業主婦だったけれど、洗濯や料理や買い物など、毎日、忙しそうにしていた。楠本さんには、それに加えて、ＩＴ企業の総務部社員という役割も加わる。冷静になってみれば、楽なはずがなかった。

「夫は残業が多い会社に勤めているし、遅く帰って、冷めた夕ご飯を食べて、後は寝てしまうわ。そんな状況だから、家事の分担も出来ない……」

語尾はもう、消え入りそうだった。本音をぶちまけた楠本さんは、ぼろぼろと涙を零す。それでも歯を食いしばり、それ以上泣くまいとしているようだった。

「もっと時間の自由が利くところに転職しようにも、転職活動の時間もない。それに――」

キッと彼女は我々を睨みつける。

「総務部は私一人でしょ⁉　私が退職したら、会社はどうなるの⁉　私がいなくなったら、お茶を淹れる人もいなくなってしまう。デザイン部の子達なんて、お茶を淹れる以前の問題よ！　この前、余ったお茶を観葉植物の鉢に注いでたのよ⁉　『お茶って身体にいいんでしょう？　肥料になるかと思って』なんて言って！」

今は遅いランチに行っているのか姿が見えないが、デザイン部は女性が多い部署だ。しかし、職人肌が多いというか、それだけで生きているというか、とにかく、変わり者が多かった。

「ダニだらけの寝袋とソファのカバーを干しているのは私。トイレットペーパーを補充しているのも私。コーヒーサーバーを掃除しているのも、お茶葉を買いに行っているのも、ゴミを出しているのも私。細々とした仕事は、みんな、総務部の私がやってるの。私がいなくなったら、誰がやるの⁉」

そう。おれ達が生きていられるのは、総務部の要たる楠本さんのお蔭だった。

彼女がいなければ、観葉植物は枯れ、徹夜組はダニの餌食になり、トイレットペーパーが無くて手で拭くことになり、コーヒーサーバーは詰まって故障し、お客さんが来てもお茶は無く、ゴミまみれの中で仕事をしなくてはいけないだろう。

「そうだ……。楠本さんは、正に我々の女神。いや、むしろ、お母さんだったのに……」

「俺達を支えてくれているのに、俺達ときたら……！」

同僚達は、申し訳なさそうに眉尻を下げる。おれもまた、頭を上げていることすらおこがましく思えてきた。

会社の目玉たるアプリを作っているのは、確かにおれ達エンジニアだ。だが、おれ達が最低限人間らしい生活を営めるのは、楠本さんのお蔭だった。業務に優劣なんてなく、何一つとして欠けてはいけないのだ。

それなのに、彼女の苦労も知らずに「定時に帰れて羨ましい」なんて思ってしまった自分が恥ずかしい。家庭の悩みを聞く……というのは、多少親しくないと難しいかもしれないが、せめて、定時で退社する彼女を、「お疲れ様です」と敬意を込めて見送るべきなのに。

「楠本さん。何の考えもなしに羨ましいなんて言って、ホントに、申し訳御座いませんでした！」

おれは、コメツキバッタのように頭を下げる。額を地面に擦りつけんばかりに、楠本さんに謝罪の意を伝えた。

それを見ていた同僚達もまた、続々と地面に這いつくばる。そして、一斉に頭を下げた。

「すいませんでしたーっ！」

右や左から頭を下げられ、楠本さんはオロオロしているようだった。

しかし、それも数秒のことで、やがては、精いっぱい威厳たっぷりにこう言った。

「わ、分かればよろしい」

もう二度と、化粧を取ったらシンプルなお顔と言うものか。むしろ、これからは醤油顔の時代だろう。

ニコライはシャシュカを納める。気付いた時には、ワイバーンの姿は消えていた。

「やれやれ。ドラゴンでは無かったが、問題が一つ解決したようで、何よりだ」

溜息を吐き、ニコライは踵を返す。その気配に、慌てておれは立ち上がった。

「あっ、待ってくれよ。でも、まだ、ドラゴンの発生源が分かってないんだろ？」

「それは、もういい」

ニコライは、背中を向けたままで素っ気なく言った。

「もういいって、そういうわけにはいかないって。いや、いっそそのままにしたいけど、もし、ドラゴンの目的が小瀬村以外だったらまずいし……。まあ、さっきも言ってたみたいに、ドラゴン自体が消えているっていうんなら別にいいんだけど……」

ニコライに追いすがろうとするが、彼は突然立ち止まった。

待ってくれているのかと思ったが、そうではなかった。ビルの壁によりかかるようにしていたニコライが、いきなり、くずおれたからだ。

「ニコライ！」

慌てて身体を支える。彼の細い銀髪が、おれの腕に絡みついた。

おれの腕の中で、ニコライは気を失っていた。ただでさえ色白な顔は血の気が失せ、肩を上下させて浅い呼吸を繰り返していた。

「一体、どうしたんだよ……」

ニコライは答えない。

汗一つかかず、固く双眸《そうぼう》を閉ざしている。

そして、彼の身体は、まるで死人のように冷たかったのであった。

救急車を呼ぼうか、と同僚に言われたものの、何故かおれはそれを拒否し、ニコライを大安軒に運ぶことに決めた。

楠本さんが運転する社用車で、ニコライを搬送する。後部座席に乗せていたニコライは、時折呻き声を上げるものの、目を覚ます気配はなかった。

ニコライに対する、お見舞いとお礼の言葉を楠本さんから受け取りつつ、おれは古いビルの最上階にある事務所へと向かう。ニコライの身体は相変わらずひんやりとしていて、そして、思ったよりも軽かった。

「ドクター!」

扉を開くなり、ドクターのことを呼ぶ。すると、事務室からひょっこりと顔を出した。

「おかえり。そんなに慌てて、どしたの」

「ニコライが倒れたんです!」

「へぇ」

ドクターは何てことのないように声を上げる。そんな様子に少しばかり苛立ちが募った。

「仮眠室に運んで。きっと、貧血だね」

「貧血?」

そんな、朝食を抜いた若い女子じゃないんだから。

「そいつは、信じていない表情だね。まあ、特異体質というやつさ」

ドクターに言われるままに、ニコライを仮眠室とやらに運ぶ。四畳半程度の、ベッドと小さなチェストがある、シンプルな部屋だった。

窓は北側にあり、カーテンは閉まっている。薄暗くて、静かな部屋だった。

「ドラゴンの目撃情報が上がってから、まともな食事をしないでずっと動いていたんだ。倒れるのも、無理はない」

ニコライのコートを脱がせ、ベッドの上に横たえる。

「食事なら、昼にラーメンを食べましたけど」

それも、カップ麺ではなく、新鮮な具がしっかりと入った職人技のラーメンだ。そんなおれに、ドクターは首を横に振る。

「スタミナはそれで回復するだろうがね。しかし、彼は他にも必要なものがあるのさ」

「必要なもの……。鉄分ですか？」

貧血の女子を思い出しながら、そう言った。だが、ドクターは首を横に振る。

「うんにゃ。血液の中の魔力さ」

ドクターはそう言うなり、部屋から出て行ってしまった。

血液の中の魔力？　魔力ってどういうことだ？　しかも、血液が必要だってことか？

疑問符を浮かべていると、ドクターがその答えを持って来た。手にしているのは、透明なパックである。そのパックの中に入っているのは、真っ赤な液体だった。

「それ、血ですか……」

「ぴんぽーん」

ドクターは緊張感の無い声で答えた。

「輸血をするんですか？」

「いや。これはニコちゃんの血液型と違うから、そんなことをしたらえらいことになるね。魔力の補給なら、飲むだけでいい」

ドクターは、ニコライの頬をぺちぺちと叩く。すると、ニコライが「んっ」と呻いた。意識が朦朧《もうろう》としているのか、虚ろな目をうっすらと開ける。

血液を飲むだって？

そんなの、普通の人間なら有り得ない。そんなの、まるで――。

「コーイチ……」

ニコライに呼ばれ、ビクッとした。

「……すまない。迷惑をかけたな」

「そ、そんなこと、どうでもいいよ。それより、その血液……」

「ああ……」

ニコライは何とか上体を起こすと、血液のパックをドクターから受け取った。

「コーイチ。お前は壁の方を向いてろ」

「えっ」

「見ていて、面白いものではない」

ニコライはこちらを見ずに、そう言った。俺に浴びせたどの罵倒の言葉よりも、弱々しく、しかし、強い意思を感じた。

「……分かった」

ニコライの言葉に従う。渋々とではない。そうすべきだと、思ったからだ。

パックを開ける音がする。ふわりと、鉄錆のにおいがした。パックの中の血のにおいなんだろう。

ぎゅっと目を閉じると、喉を鳴らす音がした。スポーツドリンクでも飲み干しているかのように、何の躊躇いもなく、一定のリズムで、機械的に、血液を喉に流し込んでいるようだった。

「もういいぞ」

のろのろと振り向くと、ニコライがパックをドクターに戻すところだった。顔色はすっかり戻っている。視線も定まっていた。

ドクターが受け取ったパックは、空になっている。うっすらと漂う鉄のにおいが、そこに血液が入っていたことを示していた。

「まるで、吸血鬼のようだろう？」

「え、あ、いや……。そ、そういう体質だって、あるかなと思って」

心をまるっと見通されてしまった。気まずさのあまり言い訳をするものの、大して意味があるようには思えなかった。

「ドクター。こいつに私のことを教えたか？」

「いや。貧血だということと、血液中の魔力が必要だということくらいしか教えてないね」

「中途半端なことをしてくれる」

そう言ったニコライは、苦笑していた。自嘲のようにも見えた。

「べ、別に、言い難いことだったら、言わなくても大丈夫だから。おれ、ニコライはニコライだと思ってるし」

しきりに首を横に振る。しかし、却《かえ》ってその仕草が不自然になってしまった。ニコライの笑顔は、更に翳《かげ》る。

「気を遣わせてしまって、すまないな。早期解決を図ろうとした結果がご覧の有様とは、実に滑稽だ」

ニコライはベッドから起きようとするが、ドクターがそれを制止する。

「魔力が回復するまで、寝ていた方がいいんじゃないの？　ドラゴンの居場所は、だいぶ絞れたからさ」

「それは、本当か……!?」

血だまりみたいな瞳を見開くニコライに、「うん」とドクターは軽く頷いた。

「ドラゴンは、獲物を巣で食べる習性があるようだ。まあ、落ち着けるところで食べたいんだろうね。だが、生まれてほやほやのドラゴンに、巣なんてあるわけがない」

「……勿体《もったい》ぶらずに、結論だけ教えてくれ」

「ニコちゃんはせっかちだね。知ってるけど」

ドクターは肩をすくめた。

「つまりは、安全な場所――人目につかない場所にいる可能性が高い。加えて、新宿駅付近で目撃情報が途絶えている。新宿駅構内ならば死角もあるだろうけれど、人通りがやたらと多いし、ドラゴンの巨体を隠せる場所もない。……そう思うだろう？」

おれは頷いた。ニコライは、黙って耳を傾けていた。

「そこで、俺が着目したのは地下でね」

「成程。地下鉄か」

都心は地下が発達している。地下鉄は網目のように絡まり合い、たいていの場所は、少し歩けば地下鉄の駅に辿り着く。

「じゃあ、新宿駅の地下には、あのドラゴンが……」

「その可能性は低いね」

ドクターは断言した。

「ドラゴンは知能が高い。新宿駅に入ったところを見られているなら、新宿駅には留《とど》まらないんじゃないかな」

「じゃあ、何処に……」

少なくとも、まだ都心には居るんだろう。空を飛ぶと目立つから、地下鉄の線路内を移動しているんだろうか。

だが、線路内にドラゴンの隠れられそうな場所があるとは思えない。

「東京駅でも、ドラゴンの目撃情報が上がっていてね」

「えっ、東京駅!?」

国内でもかなりの規模を誇るターミナル駅だ。丸の内と八重洲《やえす》に面しているし、新幹線だって乗り入れている。

「そんなに人がたくさん居て、目立ちそうなところに……。で、東京駅のどの辺に？」

東京駅は広い。しかも、地下がやたらと広いと聞いていた。

「それが、分からないのさ」

「分からない？」

「東京駅で目撃情報があったものの、それが本当に短時間の出来事でね。あの場所、地下道は長いけれど、隠れられそうな場所はないんだよね」

ドクターは肩をすくめる。

「それを、私が調査に行かなくてはならないわけか」とニコライは言う。

「そういうこと。だけど、ニコちゃんは今、魔力を身体に定着させないと。ま、ドラゴンもそれだけ移動したならば、ミスター・コセムラとやらを食べずに、寝てるかもしれない。ニコちゃんも、身体を休ませるのを優先にしなよ」

「しかし……」

「肝心の時に倒れられたら、困るしねぇ」

「くっ」

ニコライは二の句が継げない。ドクターをねめつけたかと思うと、毛布に包《くる》まってしまった。

「三十分だ。それだけ経ったら、起こしてくれ」

「了解」

仮眠を取ろうとするニコライを置いて、おれ達は部屋から出る。

ドクターが扉を閉ざすと、ほっと一息吐いた。

「緊張、していたみたいだね」

「別に……」

「ニコちゃんの正体を、彼是と考えていたんだろう？」

図星だった。ぎくりとするおれには見向きもせずに、ドクターは給湯室へと向かう。

「ま、そっちの部屋に行きなよ」

ドクターはおれを、事務室に促した。言われるままに事務室で待っていると、ドクターがトレイにコーヒーカップを二つ載せて、戻って来る。

「そこに座りな。んで、これでも飲みな」

ソファに促される。勧められたのは、シャバシャバのコーヒーだった。

「……どうも」

気遣いを無下に出来ないので、仕方なく受け取る。おれが座ると、ドクターは向かいのソファに座った。

「ふう……」

シャバシャバのコーヒーを一口含む。コーヒー風味のお湯だと思えば、美味しくなくもない気がする。たぶん……。

「ニコちゃんのこと、吸血鬼だと思ってる？」

ずばり聞かれてしまった。戸惑いながらも、頷き返す。

考えてみれば、ニコライと出会った時、彼の様子がおかしかった。おれの傷口に、口を付けようとしていたではないか。あれは、血を吸おうとしたのに違いない。ニコライはあの時すでに空腹で、血を見るなり飢えた衝動に襲われて、正気を失っていたのかもしれない。だが、おれの血の臭さが、彼を正気に戻したのだ。

そう、臭さが。

心の中で繰り返すと同時に、思わず顔を覆った。

「…………っ！」

「なんで肩を震わせてんの？　泣いてる？」

ドクターが心配そうに覗き込む気配がする。

「いや、カップ麺だけの生活からは、脱したいなと思って……」

原因はそれだけじゃないんだろうけど、このままでは、不健康な老後を送ること間違いなしだ。

「まあ、おれの血が臭いのはさて置き」

「臭いんだ……」

ドクターは、さて置いた話題を蒸し返す。

「おれの血の話はどうでもいいんですよ！　今はニコライのことですって！」

「おっと、失礼。そうそう、ニコちゃんはね、ああ見えても、俺より年上なんだ」

「年上……」

「ああ。随分とね。ニコちゃんは長生きさんなんだよ」

ドクターは、何てことのないように言った。

「やっぱり、吸血鬼……」

どうしても、その可能性が拭えなかった。長寿で血を吸うなんて、おれの知識ではそれくらいしか思い浮かばない。

「でも、吸血鬼が実在するなんて。もしかして、ニコライも誰かが生み出した魔物だったりするんですか？」

「吸血鬼でもないし、誰かが生み出した魔物でもないよ。彼はもともと存在していた、旧《ふる》い種族だ。人間社会に溶け込み、長い間、浮世の中で暮らしていたのさ」

「そっか……」

ニコライは、そんなひと達がいることを例に挙げていた。それがまさか、彼自身のことだったなんて。

だが、誰かのストレスの産物ではないと言われて、妙に安心してしまった。

「でも、人が生み出した魔物でもなく、吸血鬼でもない。それじゃあ、一体何者なんですか？」

「吸血鬼じゃないというのは、半分嘘になっちゃうね」

「嘘？」

「彼はダンピール。吸血鬼と人間の間に生まれた存在さ」

ダンピール。名前は聞いたことがある。ゲームでも偶に、種族がダンピールのキャラクターが登場していた。たいていは美形で、オイシイところを持って行くキャラクターだった。

「ダンピールは吸血鬼を殺せる力を持っている。それと同時に、高い魔力を持っているんだ。まあ、個体差はあるんだろうけどね。ニコちゃんは魔法こそ使えないものの、魔力によって身体能力を高めている。けれど、魔力に依存しているから、不足するとああなってしまうのさ」

「その魔力って、血の中に入ってるんですか……？」

「そ。昔から、儀式には血液を使うだろ？　魔法使いの血を受け継いでいなくとも、誰にでも魔力が宿っているものさ」

微量だけどね、と付け加え、ドクターは再びコーヒーを口にする。

「ニコちゃんは組織に所属してるしね。独自のルートを使って、血液を買えるんだ。だから、人を襲う必要もない。だけど、出先で貧血になる時もあるからね。さっきみたいに」

ドクターが言わんとしていることは、皆まで言わずに分かった。

外出先に、血液のパックは無い。つまり、自力で調達するしかない。即ち——。

「もし、さっきみたいなことになったら、ニコライは人を襲わなきゃならないのか」

「まあ、そうなるね。そうならないよう、本人も努力しているけど」

ドクターは、肩をすくめる。

「彼は常に魔力不足と、自身の衝動と戦っている。気を緩めれば人間に害をなす吸血鬼と同じになってしまう、自分自身とね」

さっきも、ニコライは理性と衝動の狭間《はざま》で揺らいでいたんだろうか。そして、少しでも衝動の方が勝ってしまったら……。

あの場には、おれがいた。楠本さんもいた。同僚達もいた。

誰一人として、戦えそうな人間は居ない。ワイバーンの牙を受け止められるほどの力を持つニコライが、もし本気を出せば、おれ達全員、ただの血液袋になるだろう。

と言っても、楠本さん以外は殆どが徹夜続きのエンジニアだし、血は臭そうだが。

「……おっかない、って顔してるね」

「…………」

囁くようなドクターに、無言で頷いた。

「ま、仕方が無い。そう思うのも無理は無いさ。俺も、最初は怖かったし」

「最初は？」

「今は、血液パックと一緒だから怖くないね」

ドクターは手にしたコーヒーカップをテーブルの上に置くと、すっと立ち上がった。

そして、おもむろに、おれの隣に腰を下ろす。

「わっ」

「なあ、悪いことは言わない。ニコちゃんとドラゴンを追うのはやめなよ」

ドクターはニコニコと笑っている。一見すると人が好さそうなそれは、本心を覆う仮面のようだった。

「で、でも、小瀬村さんが……」

「気付いているんだろう？　君は、上司なんてどうなってもいいと思っていることに」

「そ、それは……！」

間違っていない。出来るだけ自覚しないようにしていたが、ドクターの言葉に、心の中で頷いてしまった。

だって、奴がいなければプロジェクトも順調に進むし、奴がいればおれ達のストレスが溜まるし、楠本さんだって辛い想いをする。それならば、いない方がいいじゃないか。

うっかりドラゴンに食べられてしまって、あとはおれ達がご家族にはお悔やみの言葉をかければいいじゃないか。

そう思っているものの、口に出来ない。それが恐ろしい考えであることを、知っていたからだ。

「いいんじゃないの？」

ドクターはおれの肩を抱く。そして、耳打ちをするようにこう言った。

「君がひのきの棒を持って、危険を冒す必要は無い。今すぐ会社に帰りなよ。会社が嫌なら、辞めちまうのさ」

「でも、辞めたら生活費が……」

「だったら、バイトでもすればいい。この国は、君のような健康な若者は、こだわりさえ捨てれば生きていける。もし、正社員という肩書きにしがみついているなら、余計に辞めることをお勧めするね。正社員だって、不安定なものさ。世の中の情勢が悪くなり、会社が傾いたり、無くなっちまったりしたら、はいさようなら、だしね」

加えて、おれの会社はベンチャーなＩＴ企業だ。この先、どうなるかも分からない。だったら、アルバイトでもいいから、憧れのゲーム会社に入った方がいいんじゃないだろうか。

おれが黙っていると、ドクターは更に言葉を重ねた。

「俺が、どうして君にドラゴンを追うのを勧めないか、分かるかい？」

「き、危険だから……？」

「それもあるけど、そいつはどちらかというと方便さ。その様子だと、ニコちゃんは君に話していないんだろうね」

「な、なんですか。勿体ぶらないでくださいよ」

ドクターは含み笑いを浮かべる。そして、こう言った。

「発生条件の割には、人間の心を具現化した魔物達を目撃したことが無かっただろう？」

「え、ええ。それはほら、ニコライ達が頑張ってくれたから……」

「それもあるけど、かなり特殊な条件下でないと発生しないのさ」

「特殊な、条件下……」

一体、この人は何を言いたいんだろう。握った拳に汗が滲む。額が、ずきずきと痛むのを感じた。

「具現化させるのは、一種の才能みたいなものでね。ほら、絶対音感を持っているから楽器を奏でるのが上手かったり、空間認識能力に優れているから、緻密で立体的な絵を描けたりするだろう？」

何とか首を縦に動かし、頷く。今のおれには、それしか出来なかった。

「中には、自身の想いを具現化させ易いという才能を持つ者もいる。昔は、呪術や魔術……この国で言う、陰陽術かな。そんな術の使い手になったらしいけどね」

そんな文化、今はほとんど聞かない。

　だから、その才能がそうと知られず、その才能を持つ者が野放しになった。ドクターは、そう言っていた。

「じゃあ、楠本さん達には陰陽師の才能が……」

「うんにゃ。陰陽師の才能がある人間が、近くにいた可能性があるのさ。具現化の才能を持つ人間の力は感染する。ただし、一時的にだがね。そして、それは似たようなストレスを抱えている人間が発症し易いのさ」

「つまり、おれが遭遇した二件は、近くに感染源である人間がいたってことですか……」

「そういうこと」

　ドクターはにんまりと笑って頷いた。お腹が痛くなって来た。嫌な予感が、頭の中に渦巻く。

「俺はそういう力を持った人間に興味があってね。つまりは、モンスターを創造するに等しい能力を持っているということじゃないか。是非とも『保護』して、彼是と調べてみたいもんだね」

　ドクターは、実に愉《たの》しそうにそう言った。その言葉の裏に、何やら理解し難い深淵《しんえん》が垣間見えたような気がした。

「……もし」

「うん？」

「もし、そういう人間がいたら、ニコライは……？」

魔物狩りたるニコライは、魔物が発生する原因の更に原因を、どうするんだろうか。

「彼の立場ならば、場合によっては、引導を渡さないといけないね」

引導。

すなわち、殺すということか。

「で、でも、話を聞いている限りじゃあ、発生源だって人間なんでしょう？　人を殺したら、殺人罪じゃないですか！」

「相手が人ならば、ね」

ドクターは意味深に言った。顔には薄笑いすら浮かんでいる。

「どういうことです？」

「ニコちゃんらが発生源を魔物として認定した場合、討伐が可能なのさ。被害を最小限にするために、そういうルールが敷かれたんだ」

「被害を最小限にするためにって言ったたって……！」

そんなの、許されていいはずがない。

「まあ、ニコちゃんは冷たそうに見えるけど、どちらかというと人格者だし、そう判断するのは、本当に最後の手段だろうけどね」

「で、でも、そんなこと言ったら、ニコライだって危ないんでしょう？　吸血鬼としての衝動が、抑えられなくなるかもしれないんでしょう……？」

「そう。だから彼もまた、同業者に魔物だと認定されたら、処分される」

ドクターは、おれから離れてコーヒーカップを引き寄せる。

傾けて飲もうとしたが、その中身は、すでに飲み干した後だった。「おっと、残念」

とコーヒーカップを戻す。

「……ドクターは、どうしてこんな話をおれに？」

「うん？　ここまで言っても気付かないのかな？　それは、君が――」

「ドクター」

鋭い声が割り込んだ。振り返ると、そこには見覚えのある人物が立っていた。

「ニコライ……！」

「おや、眠り姫のお目覚めだ」とドクターはおどけたように言った。

「姫でたまるか。私はグースカと寝ながら救助を待つほど気長ではない」

あれは気長と言っていいのだろうか。

いや、それよりも――。

「休息は充分に取った。行くぞ」

相変わらずの仏頂面で、手にしていたコートを羽織る。

「いいのかい？」とドクターが問う。

「何がだ」

「察してるなら、教えてあげた方がいいんじゃないの？　黙ってるだけが、優しさじゃないと思うけどね」

軽い口調のドクターに、「何のことだか、見当がつかないな」とニコライは返答した。しかし、おれは気付いてしまった。一見、冷静に返答するニコライだったが、ドクターの目を、全く見ていなかった。

そんなニコライに、ドクターは肩をすくめる。

「ま、頑張って来な。資料が必要なら、こっちでデータを送るからさ」

ドクターはそう言って、給湯室に消えてしまった。

事務室には、おれとニコライが取り残される。ニコライは無言だった。おれも、無言だった。

「その……」

「どうした？」

「い、いや、何でもない」

ニコライはダンピールであり、自分の衝動と戦っている。そして、魔物の発生源を処分する権限を持っている。

それはいい。理解した。

しかし、先ほどから、或る可能性が頭の中をぐるぐると回っていた。

おれが目撃した二件の近くに、真の発生源たる人物がいた。そして、ニコライは恐らく、それを察している。それどころか、ドクターも気付いていたようだ。

ニコライは、その人物を処分する権限も持っている。だから、その人物を処分の対象とすべきかどうか、人間なのか、人間に害を為す者なのかを見極めようとするだろう。そうするには、どうするのが一番いいか。

それは、そばに置くことだ。

つまりは――。

ニコライは暫《しばら》くおれのことを見ていたが、やがて、踵を返す。

「早く行くぞ。日が暮れてからでは、相手が逃げた時に面倒だ。それに、お前の上司も救出しなければいけない」

「あ、ああ……」

「人命救助が最優先。その他のことは、その後でやればいい」

ニコライはそう言って、さっさとエントランスへ向かってしまった。

背中があっという間に小さくなる。どんなに手を伸ばしても、届かなくなってしまう。

魔物を発生させる真の原因たる人物には、おれにも心当たりがあった。

それは、ドラゴンが現れた時や、スライムやワイバーンが発生した時にそばにいた人物であり、ドクターが会ったことがある人物であり、ニコライが監視をしていた人物になる。

――即ち、おれ。

ニコライは、ドラゴンを追ってやって来た先で、おれに会った。そして、スライムが発生し、しかも、そこに居合わせたおれもドラゴンに会ったと言っていた。そして、おれを連れ回していた先で、ワイバーンに遭遇した。

どう考えても、おれが事件の中心だった。処分の対象となる恐ろしい能力の持ち主は、おれだったのだ。

俄かには信じられない。

だが、そうである証拠は充分に揃っている。

現実味がなくて、足元がおぼつかない。

それでも、おれはニコライの後を追い、のろのろと事務所を後にしたのであった。

第三話　おれにまかせろ

東京駅。大正三年十二月二十日に開業した、東京の表玄関ともいえるターミナル駅だ。

利用者は多いしプラットホーム数も多いけれど、広さが充分で案内も行き渡り、利用しやすい。そういった印象だった。

しかし、東京駅から延びている地下道をくまなく歩いたことはない。ドクターの話によると、東京メトロ千代田線大手町駅から東京メトロ丸ノ内線銀座駅まで、一度も地上に出ずに歩き通すことが出来るらしい。その間に、二重橋前駅、日比谷駅、有楽町駅、東京駅が横たわっている。

「まさか、この駅の地下がそんなに広いなんて……」

ＪＲ山手線東京駅で降りたおれは、思わず呟いた。見渡す限りのプラットホームだ。在来線はもちろん、新幹線だって停まってる。

「私も何度か利用しているが、そこまで広いとは思わなかったな。まあ、そもそも東京駅からそれぞれの駅まで、それほど距離が無いのだろうが」

「あ、ああ……」

どうしても、ニコライに対してぎこちなくなってしまう。

彼が一体何を考えているのか、という疑問と、彼とおれ達との決定的な違いが、ずっと頭から離れない。

空は薄暗くなっていた。黄昏時《たそがれどき》だ。ホームを行き交う人も多く、勤め人と思しき人達が目立つ。

「帰宅ラッシュの時間か。厄介だな」

「そうか。普通の会社なら、この時間に帰れるのか……」

そもそも、その日のうちに帰れるのか。

そう思うと、彼らを見つめる眼差しは羨望になる。そんな様子に、ニコライは溜息を吐いた。

「お前も、この一件に決着がついたら、自分のことを考えるといい。確かに生活費は必要だろうし、退職をすれば経歴に傷がつくかもしれない。しかし、今の会社にしがみつき、健康を損ねてしまっては意味が無い」

「……それは、そうだけど」

「お前は若い。これからの人生、長いだろう。それなのに、今、身体を壊しては勿体無いぞ」

「長いと言っても、ニコライほどじゃないし」

ぼそっと反撃してしまう。「ん？」とニコライは怪訝《けげん》な顔をした。

「あ、いや。なんでもない……」

「……そうか」

ニコライは、それっきり沈黙した。

ホームから、下り階段を黙々と降りる。ニコライは、整った唇を固く結んだままだった。

気まずい。しかも、絶対おれがニコライのことを知ってると、お察しになられている。

(でも、どうすればいいんだよ)

ドラゴンを探し出し、ニコライが倒し、小瀬村を救出する。それで、ハッピーエンドだったら気持ちも楽だった。

しかし、実際には違う。小瀬村を救出すれば、おれは再び社畜生活に戻るだけだ。毎日のように、地獄の苦しみを味わうことになる。

それに、ドラゴンだって、倒されて終わりということは無いだろう。スライムは次次と湧き出していたし、ニコライは楠本さんにわざわざ本音を暴露させていた。

　きっと、ストレスの原因が解消されないと、魔物は生まれ続けるのだ。おれが元の生活に戻れば、また、ドラゴンが会社を襲撃しかねない。

　しかもおれは、ストレスを魔物化させてしまうという症状の感染源なのだ。

　いっそのこと、隔離してくれればいいのに。そして、三食食べさせてくれて、最新のゲーム機とソフトを揃えてくれて、室内には冷暖房を完備してくれればいいのに。そうすれば、働かずにのんびりと暮らしていける。

（いや、駄目だな。そんなことをして貰えるような金もない。勿論、税金でやって貰うなんて、以ての外だ。普通に、殺処分コースになるだろうな……）

　そう、ニコライが。腰に下げたシャシュカで。

「……どうした？」

　ニコライがこちらを振り向く。不意打ちのそれに、「あー」とか「うー」とか、声を上げるしかなかった。

「そ、その、な、な、なんでもない」

「……分かった」

「いや、なんでもなくない！　なんでもなくないよ！」

会話を終わらせようとするニコライに、しがみつくようにそう言った。

「言ってみろ」

ニコライは、相変わらずの澄まし顔で促す。でも、その声に、何処となく緊張感が漂っているようにも聞こえた。

おれもまた、固唾を呑むとこう伝える。

「もし、ニコライがさ。もしだよ」

「ああ」

「理性とか道徳とかをすっ飛ばして暴れたい衝動に駆られた時、どうしてる？　ほ、ほら、暴れると警察に捕まっちゃうじゃん？　捕まらないためには、どうするんだろうと思って」

全てを知らない振りをして話す。そんなことをする必要無いんだろうけど、ニコライとおれの間に横たわる問題に、正面から向かい合う勇気は無かった。

「暴れたい衝動に駆られた時、か……」

ニコライは改札機にＩＣカードをタッチしながら、考え込む。おれも、帰宅ラッシュに呑まれそうになりつつ、必死にニコライと肩を並べて歩いた。

「私ならば、自分と向き合うな」

「自分と、向き合う？」

「ああ。自分の大切なもの、自分が目指したいことを思い出す。そうすれば、忘れそうになった我を思い出し、抑えるべき衝動が何かが見えてくる」

ニコライの赤い瞳が、戸惑いの表情を浮かべるおれを映す。そこには確信と、強い意思が宿っていた。

「ニコライの大切なものとか、目指したいことって、何なんだ？」

「人間社会の秩序を、陰ならが支えること」

ニコライは、帰宅ラッシュでごった返す通路を見つめる。

白髪交じりの年配の男性や、若い女性もいる。それぞれに、家族がいたり恋人がいたり、友人がいたりするんだろう。その繋がりが、社会を作り出しているのだろう。

「社会の秩序か……。なんか、すごいな」

「すごくない。私自身は非常に脆《もろ》く、危うい存在だ。白か黒か曖昧な、灰色の境界に立っている。白にも黒にも嫌われた時だってあった。そんな中で自分を保つには、大きな存在にすがるしかなかったのさ」

ニコライの目は、いつの間にか遠くなっていた。

吸血鬼の力を持ちながらも、吸血鬼を滅することが出来る存在。確かに、人間からは怖がられ、吸血鬼からは忌《い》まれることだろう。

ニコライはその長い寿命の中、どれだけの孤独を味わったんだろうか。

「私が出来ることは、これしか無い」

ニコライは、刀袋越しにシャシュカの柄に触れる。

「私は私として、私の出来ることをする。そうすることで、道を切り開いてきた。お前もまた、自分が自分らしく生きられるような道を探せ。それは必ず、お前の支えになる」

「おれの、支えに……」

即ち、衝動を抑える鍵になるということか。それが、魔物を発生させずにいる鍵ということなんだろうか。

「だが、まずは職場環境だな」

「それな……」と力無く呻く。

「職場の意識自体を変えさせるというのも、一つの手だが」

「そんな権限、おれには無いし……」

「然るべき機関に訴えるのも手段の一つではあるが、証拠を集めなくてはいけない」

「証拠を集めるには、時間が掛かりそうだな」

やっておけばよかった、と今更後悔する。

「一番手っ取り早いのは、やっぱり……」

生きて行こうと思えば、どうにでもなる。アルバイトであれば、職歴について根掘り葉掘り聞かれないだろう。長く勤めれば、正社員にもなれるかもしれない。しかし、十年先や二十年先も、アルバイトのままかもしれない。若い頃はいいだろうが、歳を取ると体力も落ち、長時間の労働は厳しくなる。その上、アルバイトは給料もそれほど上がらない。

そんなことを考えているうちに、狭い通路までやって来た。下り階段を降りるものの、降り切ってほんの少し歩いただけで、すぐに上り階段が見えた。

「えっ。さっき下ったばかりだぞ。これ、意味があるのかよ。しかも、階段の高さは妙に低いし……」

意味不明の窪地に不平を漏らす。だが、ニコライが顎で天井を指した。

「あれの所為だろう。天井が低くなっているんだ。そのまま歩いていたとしたら、頭をぶつけるぞ」

そう、天井はその部分だけ低くなっていた。

「ますます以て、意味不明だって。なんで、天井が凹《へこ》んでるんだ。あそこに何かあるのかよ」

「あるから凹んでいるんだろう？」

「あ、はい。そうですね……」

答えは、ちゃんと自分で分かっていた。ニコライは、冷静にそれに気付かせてくれた。

「それにしても、何だろうな。隠し通路とか？」

「隠れていないから違うな」

通行の邪魔にならないよう、通路の隅に寄りつつ、ニコライは冷静にツッコミをくれた。

「――ふむ」

耳を澄ましながら、ニコライは納得したような顔をする。

「何か分かったのか？」

「電車が走る音がする。我々は、ホームから随分と下って来ただろう？　つまり、ここは地下だ。地下鉄かもしれないな」

ニコライはスマホを操作する。そして、しばらくすると、メールの着信音がした。

「ふむ、なるほど。ドクター曰く、丸ノ内線が通っているらしい。そしてこの下には、東西線が通っているそうだ」

足元を指さされ、つい、眺めてしまう。そう言えば、足の裏を通じて地響きを感じる気がする。

「どうやら、東西線のホームに当たる場所らしいな。この下に出れば、天井がやはり出っ張っているらしい」

「へぇ。なんていうか、だいぶ無理矢理ねじ込んでる感じがするな」

「必要なものが次々と増えるから、そうなってしまうのだろう。広大な地下も、この先、更に広くなるかもしれない」

「そうなると、完全にダンジョンだよな。いや、今の時点でもうダンジョンっぽいけど」

新宿駅ほど雑然としていないが、ひたすら歩かされる感じはしていた。体力がいつの間にか奪われ、飢え死にする系のダンジョンだ。

「あ、待てよ。建て増しをしているなら、その逆もあるんじゃないか？」

「逆？」

「造ったものの、要らなくなった通路とか」

「成程。ドラゴンがそれを見つけていたら、潜んでいる可能性もあるな」

ニコライはすぐさま、ドクターに連絡をする。

そう。何せ歴史が長く、大きな駅だ。様々なエピソードを背負っていることだろう。その中に、不要になった通路やら駅やらが交じっていても、おかしくなかった。

「今、調べるそうだ。少し待とう」

ニコライはそう言って、せめて狭い通路から出るべく、先へ進む。しばらく行くと、開けたところに出た。

「コーイチ」

「は、はい」

「腹は減ってないか？」

「え、うーん……」

お腹の辺りを摩ってみる。今のところ、空腹は感じていない。というか、感じる余裕は無かった。

ニコライにその旨を伝えると、「そうか」と言ったきり、黙ってしまった。

「ニ、ニコライは大丈夫なのかよ。その、おれより動くだろうし、今のうちに腹ごしらえとか……」

「不要だ。腹が重くては動けないからな」

分かる。お腹がいっぱいの時に運動をしたら、お腹が痛くなる。

「それに、ラーメンも食べたし、血液も――」

ニコライはそこまで言うと、ハッとして口を噤む。眉根をぎゅっと寄せてから、盗み見るようにおれへと視線を向けた。

「え、えっと……」

『別に気にしてないし』と言うか、『いいんじゃないかな、ダンピールなんて、カッコいいし。中学生だったら、絶対に羨ましがるって』と言うか迷ってしまった。前者はシンプルだが、あまりにも素っ気ない。後者は、余計なことまで言っている気がする。

結局、どちらも言えずに、「う、うん」と曖昧に頷くだけになってしまった。

再び、気まずい沈黙が降りる。

どうして自分はこうなのか。もっと、しっかりと決断出来ればいいのにと、己の頭をぽかぽかと殴る。勿論、そんなことをしていたら、ニコライだけじゃなくて通行人にもドン引きされてしまうので、心の中で、だ。

「そ、その、ニコライ……」

お前の正体を聞いちゃったけど、おれ、別に気にしてないし。

そう言おうとしたその時だった。ニコライのスマホに着信が来る。

「ドクターからだ。早いな」

ニコライは送信されたファイルを開く。そして、おれの方を見た。

「そう言えば、何か言ったか？」

「な、なにも……」

気まず過ぎて目をそらす。

ドクターめ。空気読め。

「コーイチ。私のことなら、気にするな」

「えっ？」

思わず、ニコライの方を向くが、ニコライの視線はスマホの画面に戻っていた。

確実に、おれが知っていることに気付いている。そして、気を遣おうとしたことも察せられている。余計に恥ずかしかった。

だが、何故だろう。ニコライの横顔は、少し寂しそうだった。

「成程……。そんな施設があろうとはな」

「えっ、なになに？」

声を上げるニコライに、おれは身を乗り出す。ニコライは、おれにスマホを貸してくれた。

「赤煉瓦地下通路？」

「ああ。郵便貨物を運搬するためのものだったらしい。かつては、軌道が敷かれ、トロッコが行き来していたようだな」

他にも、近くにある中央郵便局に繋がる地下通路や、自動車トンネル用の地下空間などがあるらしい。皇室のための通路や、まだまだ見つかっていない、もしくは秘密の通路もあるだろう、とのことだった。

「これ、全部探すのか？」

「いいや。赤煉瓦地下通路から先に行こう。ドクターなりに分析して、これを第一候補にしているのだろうからな」

「……ドクターのこと、信用してるんだ？」

何を考えているか良く分からないし、シャバシャバのコーヒーなんて出すような男なのに、随分と信頼されたものだ。すると、ニコライは溜息交じりに答えた。

「確かに、私には理解が及ばない性格の持ち主ではある」

だが、とニコライは続ける。

「頼まれた仕事は、きっちりとこなす男だ。それが意にそまなかろうが、そもうがな。腹の底で何を思っていても構わない。お互いに、仕事が出来ればそれでいい」

「仕事が出来れば、それで……」

果たして、それでいいんだろうか。たとえば、仕事仲間に軽んじられていたり、蔑《さげす》まれていたりしたら、仕事がやり難いんじゃないだろうか。

「解せないようだな」

「うーん。おれは、みんなの心が一つの方が、仕事が上手く行くと思うんだけど……」

　もごもごと、口籠るように言う。すると、ニコライは真っ直ぐにおれを見つめた。

「コーイチ。人の思想は十人十色。同じ目的に向かっていようとも、理由や手段などが異なることもある。それが個性だ。同じことを考えていなかったからと言って、逐一衝突していたらキリがない。目的のためならば、妥協も必要だ」

　そうだ。おれの会社も、色んな人がいる。

　楠本さんみたいに家族がいる人もいれば、おれみたいに独り身もいる。子供のためにも稼がなくてはいけない人もいれば、ひとまず、自分が食べていける程度を稼げればいいという人もいる。

　そんな色々な人がいる上に、どうしようもなくブラックな会社だけど、それでも、成果物はあった。市場で高い評価を得ているアプリゲームもある。それは、皆が目的に向かって、一生懸命にやった証だった。

「そっか。割り切ることって、大事なんだな……」

「まあ、お互いにリスペクトしていた方が、いい仕事は出来るがな」

ニコライはそう付け足して、足早に歩き出した。おれもまた、小走りで追う。足の長さが、圧倒的に違った。

口は悪いけど正義感があり、秩序を守ろうとするニコライに対し、ドクターは人当たりがいいものの、自由奔放だし胡散臭い。それなのに、二人は息が合っているように見えた。

どうしたら、そんな風になれるのだろうか。会社では、出来るだけ上司の機嫌を取り、しがみつくので精いっぱいだったのに。

そしてこのまま、すっきりしない気分をずるずると引きずってもいいんだろうか。

おれが彼是と頭を抱えているうちに、ニコライは人気のない通路までやって来た。南通路の方角にやって来たと思ったら、見知らぬところを歩いていた。

「ここって……」

「静かに」

ニコライはそう言って、ずんずんと進む。地図が表示されているスマホを片手に持ちながらの、確信に満ちた歩みだった。

「コーイチ。感謝する」

「えっ、おれ、何かしたっけ？」

「お前の一言のお蔭で、しらみつぶしに探す手間が省けた」

要らなくなった通路発言のことか。

「いやぁ、そんなに大したことは……」

「功績は誇れ。自身のためでもある」

功績というほどのことでもない気がするけれど。と心の中で呟くものの、ニコライの気遣いが嬉しかったので、それ以上は何も言わないことにした。

やがて、開けたところに辿り着く。ニコライの靴音が空間内に響いた。

薄暗くて、辺りが良く見えない。

暗がりなのにもかかわらず、ニコライはスイッチを探して切り替えた。

途端に、視界がまばゆい光で塗り潰される。「うわっ」と思わず声を上げてしまった。

目が慣れて来ると、煉瓦の天井と壁が見えた。アーチ状になった幅広の通路が続いている。その左右に、照明が設置されていた。

正に、ゲームに出て来るようなダンジョンだ。これで、照明が蠟燭《ろうそく》だったら完璧なのに。

それにしても、何だろう。通路の先に、黒くて大きな何かが積み上がっているような気がする。倉庫として使われているんだろうか。

近づこうとした瞬間、『それ』は大きく揺れ動いた。

「コーイチ、武器を持て！」

ニコライはシャシュカを抜き放つ。

『それ』は、何かが積み上がっているのではなかった。丸まっていた、巨大な何かだった。

「こ、こいつ……！」

丸まっていた『それ』から、長い首が伸びる。背中で畳んでいた翼を、通路めいっぱいに広げた。

「こいつが、コーイチの言っていたドラゴンか」

「あ、ああ……」

真っ黒な巨体の、金色の瞳が見開かれる。その冷たい眼差しは、間違いなくおれ達の会社を襲撃した奴だった。

『ほう……。ここを見つけるとはな』

「ドラゴンが喋った！」

威厳に満ちた低い声で、ドラゴンは言う。

『喋りもするさ。貴様が、ここまで私を育ててくれたのだからな』

「なんだって……？」

『私は貴様の不満から具現化した存在。貴様が怒りや不満を、日々腹の中で溜めていてくれたからこそ、私はここまで成長出来たのだ』

ドラゴンが頭を持ち上げると、天井を覆わんばかりになった。

ニコライはシャシュカを構えたまま、黙ってドラゴンのことをねめつけている。やはり、ドクターの言うように、彼はおれが生みの親であることを知っていたようだった。

「……だ、だったら、親孝行でもするっていうのかよ」

おれはめいっぱいの虚勢を張る。だが、意外なことに、『ああ』とドラゴンは頷いた。

「マジで!?」

『貴様の前で、こいつを踊り喰いにしてやろう』

そう言ったドラゴンは、鋭い爪に何かを引っかけていた。

人間だ。涙と鼻水で顔面がぐしゃぐしゃになっているけれど、おれの知っている人物だった。

「小瀬村！　……さん」

本人の前なので、さん付けは欠かさない。

おれの声に気付いたのか、小瀬村は情けなくなった顔を上げる。

「が、我妻か！　助けてくれ！　食われちまう！」

裏返った声で懇願する。いつもの偉そうな彼からは、想像出来なかった。

そんな様子を見て、ドラゴンは高らかに笑う。

『ふははは。愉快、愉快。こやつの手足をもぎ取ってから、口の中に放り込んでやろうか。それとも、足の先からバリバリと噛み砕いてやるか？』

ドラゴンは嗜虐《しぎゃく》的な笑みを浮かべる。

ぎり、と奥歯を噛み締めるような音がした。ニコライの方からだった。彼の方を盗み見ると、赤い双眸は烈火のごとく燃えていた。

　ニコライは、ドラゴンの残虐な振る舞いが許せないのだろう。そして、隙をついて小瀬村を助けたいと思っているのだろう。

　それでは、おれは？

　おれは、小瀬村をどうしたいんだ？

『さあ、選べ！　貴様は、この男のどんな死を望む！』

「お、おれは……」

「コーイチ……」とニコライの心配そうな声がする。おれが小瀬村に復讐することを憂いているのだろうか。それとも、おれのことを心配してくれているんだろうか。

だが、どちらでもいい。おれの想いは、ただ一つだった。

「おれは、どっちも望まない！」

『何？』と、ドラゴンは不快感を露わにする。

「そいつ……いや、その人を放せ！　さもないと、こいつで殴ってやる！」

　布袋から、ひのきの棒を取り出す。そして、ドラゴンに向かって構えてやった。

　怖い。体格差は圧倒的だし、こっちの武器は、ドラゴンの爪の一つにも及ばない。

一振りされてしまえば、ひのきの棒もろとも吹っ飛ばされることだろう。

だが、やめようとは思わなかった。

じっとドラゴンを睨みつける。ドラゴンはしばらくの間、口を固く結び、眉間に皺を刻んで、おれのことを見つめていた。

無言の圧力と、煮え滾る怒りを感じる。

足が震え、背中や手のひらに汗が滲み出した。だけど、背を向けて逃げようとは思わなかった。

『ふっ、ははははっ』

ドラゴンは唐突に笑う。煉瓦造りの古い天井が小刻みに震え、鼓膜にビリビリとした衝撃が走った。ドラゴンはひとしきり笑うと、ふっと口を閉ざした。

「そ、そのですね……。放さないとこれで殴るけど、放してくれたら、穏便に解決するかなーって……」

穏便な解決方法を持ちかけてみる。次の瞬間、ドラゴンの目がカッと見開かれた。

『痴《し》れ者が！』

「すいません！」

反射的に謝ってしまう。

『生み出された以上、温情をくれてやろうと思ったが、もういい。貴様ら全員、我の腹の中に収めてやるわ！』

真っ赤な口を開き、ドラゴンは咆哮する。小瀬村を手にしたまま、ドラゴンはこちらにやって来た。

「ひ、ひえええっ」

「よく言ったな、コーイチ。後は私に任せろ」

ニコライの手のひらが、おれの肩をポンと叩く。相変わらず体温は低かったけれど、とても頼もしい感触だった。

ニコライとドラゴンが対峙する。

ニコライは強い剣士だけれど、ドラゴンの方が圧倒的に大きい。一見すると、不利のようにも見えた。

だが、ニコライの背中は震えもせず、後ずさりもせず、堂々としたものだった。きっと、幾度となく、このような魔物と戦ったのだろう。

『面白い、ダンピールの小僧か！』

ドラゴンは嗤《わら》った。

「あいつ、何でニコライのことを知ってるんだ？」

そう言ってから、ハッとして口を噤んだ。ニコライはこちらのことを振り向かないまま、「奴は、コーイチが知っていることは知っている。幾つか、知識が同期されているはずだ」と告げた。

ドラゴンは大きな口を歪めて嗤っている。

『ダンピールの小僧よ。貴様は人間の味方をしているが、人間は貴様の味方かな？』

「何だと……？」

ドラゴンの視線がこちらに向く。

『貴様は秩序を保つために、発生源である人間を処分する役目も担っている。その剣で、一体、何人の人間を屠《ほふ》った！』

ニコライの背中を通じて、衝撃が伝わってくる。シャシュカを握り締める手に、力がこもっていた。

「……役目については否定しない。だが、私は誰も、殺していない」

『ほう。ならば、貴様の後ろにいる人間が、その第一号となるわけか！』

「コーイチは殺さない」

　呻くように、絞り出した言葉。だが、それには強い意思が込められているように思えた。

　しかし、ドラゴンがそれを一笑に付す。

『その意気やよし。しかし、貴様に私は倒せない。よって、私を倒して私が捕えている人間を救うには、我が生みの親を殺すしかない！』

　ドラゴンの手にぶら下げられ、「助けてくれー」とか細い声をあげる小瀬村。そして、ニコライと明らかな体格差があるドラゴン。そこに、何の変哲もないエンジニアの貧弱なおれ。

　何処をどう見ても、おれを抹殺した方が話は早かった。

『我が生みの親よ。そこで、どうだ』

　ドラゴンは、顎をしゃくる。

『我と手を組み、このダンピールの小僧を始末しようではないか！　そうすれば、お前は命の危険に晒《さら》されなくても済――』

「断る！」

即答だった。

あまりの早さに、ニコライもドラゴンも、小瀬村すらもぽかんと口を開けていた。

「ニコライを倒したところで、お前がおれの味方になるわけでもない。あの手この手で、おれを良いようにするんだろう！」

びしっとドラゴンを指さす。人を指さしちゃいけません、という親の言いつけは、今日だけ守らないことにした。

『な、何を根拠に――』

「今、この場のお前の態度で、それは明らかなんだよ！　無駄に偉そうにしやがって！　羽の生えたでっかいトカゲのくせに！」

でっかいトカゲのくせに、と通路内にエコーが響いた。

『ぐ、ぐぬぬぬぬ』

ドラゴンの真っ黒な顔が、赤くなっている気がする。まずい。怒らせ過ぎたか。

「と、とにかく、ニコライは今日一日、おれのために沢山動いてくれた。ラーメンだって奢ってくれた！　だから、おれはニコライに刃を向けたくない！」

刃というか、高級建築素材で出来た棒だけど。

『ふむ……。ラーメン一杯分の恩があるというわけか……』

ドラゴンは神妙に唸る。あれ、そんな話だっけ。

『しかし、お前とこのダンピールの小僧では、喰われるものと喰うもの。お互いの意思がどうであろうと、その溝は埋められん！』

そうだ。ニコライは人間の生き血を吸わなくてはいけない。現に、おれも吸われかけた。ドラゴンが言う、捕食者という関係は間違っていない。ニコライの飢えが勝ち、理性が負ければ、おれだって危ない。

ニコライはおれに視線を向ける。罪悪感が宿っているように見えた。

おれは、ひのきの棒をぐっと握り締める。

「そんなの関係ない！　仮にそうだとしても、お互いに妥協し合い、共存すればいいんだ。人間は多少血を抜かれたくらいじゃ死なないし、ニコライだって、逃げ惑う人間の生き血を吸いたいなんていうおっかないことは言わない。お互いの不可侵の領域にさえはみ出なきゃ、やっていけるはずだ！」

我ながら、喩《たと》えが上手くなかったけれど、おれの話を聞いていたニコライは、そっと首を縦に振ってくれた。

『この……、たった一日でそこまで馴れ合うとは……！』

「馴れ合いじゃない。ニコライが色々と、大切なことに気付かせてくれたんだ。おれは、それを活かしたい」

ドラゴンを真正面から見据え、ニコライと並ぶ。

「コーイチ……」

「行こう、ニコライ。あいつを倒そう」

「……いや。その気持ちは有り難いが、お前は下がっていてくれ」

ニコライに、やんわりと後ろに下げられた。

当たり前である。ついつい、気分が高揚していたけれど、おれが前線で戦えるわけがない。

「コーイチの負の感情を増幅させ、己の力にするという目論見は失敗したようだな」

ニコライは、ドラゴンに向かってシャシュカの切っ先を向ける。

『ふん。今のままでも、貴様などひとひねりよ。我をなめるな、ダンピールの小僧！』

真っ赤な口を開き、ドラゴンは咆哮する。ニコライは、ひるまなかった。

「一つ、教えておいてやろう」

ニコライは走り出す。ドラゴンが尾で薙ぎ払おうとした瞬間、彼は跳躍した。

「私は小僧じゃない。一九〇〇年初頭生まれだ！」

「おじーちゃんじゃないか！」

ドラゴンの爪とニコライの刃が交わる中、思わずツッコミをしてしまった。

ダンピールは長寿で、ニコライは外見よりも歳を取っているというのは知っていたが、まさか、これほどとは。二百歳や五百歳と言われるより、リアルな数字だった。

ドラゴンは、ニコライの刃を弾く。空中で体勢を整えようとするニコライに、ドラゴンの口が開いた。

「危ない！」

おれが叫んだ瞬間、ドラゴンの口から炎が噴き出す。闇の色の、邪悪な炎だ。

ニコライは、一瞬にして包まれてしまった。

「ニコライ！」

しかし、ニコライの姿は炎から飛び出す。長いコートの裾で防御したようで、無傷だった。コートは、特殊な加工が成されているのかもしれない。

「だ、大丈夫か？」

「ああ。しかし、炎まで吐くとは厄介だな。迂闊《うかつ》に近づけん」

煉瓦造りの通路を背にしたドラゴンは、照明を下から浴びている。金の双眸は勝ち誇っているようにも見えた。

『どうした、ダンピールのじじい。我は傷一つついていないぞ！』

「改めてじじいと言われると、腹が立つな」

ニコライは不平を漏らす。言い出しっぺのおれは、心の中で謝罪した。

『しかし、炎を吐くと腹が減るな。――丁度いいつまみもあることだ』

片手で持っていた小瀬村に、ドラゴンの視線が向く。小瀬村は「ひっ」と悲鳴を上げた。

『炎で消耗した分、こやつを食うことで補填するか！』

「やめろ！」

ニコライは駆け出す。しかし、ドラゴンは炎を吐いて往く手を阻んだ。炎に邪魔をされて、ニコライの刃は届かない。

そうしている間に、ドラゴンは小瀬村を高々と上げる。後は、口の中に放り込んで、咀嚼するだけだ。

「待て！」

気付いた時には、走り出していた。

ドラゴンは反射的に、こちらへ口を開けるものの、慌てて閉ざしてしまう。おれはニコライと違い、防御力の無い一般人だ。炎にひとたび巻かれれば、ジ・エンドだろう。そしたら、おれから生まれたドラゴンだって、ただでは済まない。

『気でもふれたのか！　しかし、お前が何をしようと、我に傷はつけられん！』

そう。おれは攻撃力も無い一般人だ。しかも、手にしているのはひのきの棒だ。高級建築素材とは言え、武器としては最弱だろう。

それでも、止まることは出来なかった。

近づくたびに、ドラゴンの存在が大きく見える。おれが上司を呪い、会社を恨んだ証が、会社を壊してしまいたいという願望を具現化したものが立ち塞がっている。

「会社を壊したい……？　いや、違う」

『む？』

「今のおれの望みは、会社を壊すことじゃない。——おれ自身が変わることだ！」

ドラゴンが息を呑む音が聞こえる。ドラゴンの脚は間近に迫っていた。

おれはニコライのようにカッコよく跳べない。だが、ひのきの棒を振り被り、ドラゴンの弁慶の泣き所を、思いっ切り殴りつけた。

屈強な後ろ脚の感触は、硬かった。鱗なんて金属で出来ているのかと思った。手のひらが痺れ、関節に痛みが走る。それでも、痛いとは口に出さずに、歯を食いしばった。

『いてぇぇぇ！』

口に出したのは、ドラゴンの方だった。あまりにも痛かったのか、小瀬村を放り出してしまう。

「よくやった、コーイチ！」

ニコライは小瀬村を受け止める。丸まったダンゴムシみたいになっていた小瀬村は、ニコライにお姫様抱っこをされる形となった。

「ど、どうして？　おれ、いつの間にか無茶苦茶レベルが上がってたとか？　それとも、このひのきの棒が、実は最強の武器だったとか？」

「違う。お前は、自分に勝ったんだ」

自分に勝った。

一瞬、その意味が分からなかったけれど、不思議な達成感と爽快感が胸を駆け巡る。誇らしい気持ちになり、胸を張りたくなって来た。

「あとは、私に任せろ」

ニコライは小瀬村をそっと床におろす。そして、シャシュカを構えた。

『お、おのれぇぇ』

ドラゴンは金色の瞳を大きく見開き、怒りに燃えるように咆哮を上げる。だが、ニコライは怯《ひる》まず、ドラゴンの身体を駆け上がった。あの鋼鉄のような鱗に足を引っかけ、高く跳んだ。

『おのれ、ダンピールのじじいが！』

「――安らかに散れ。ドラゴンの小童《こわっぱ》」

次の瞬間、ニコライのシャシュカがドラゴンの眉間を捉えた。

ずん、と周囲の空気に衝撃が走る。ドラゴンは動きを止めたかと思うと、真っ黒な炎となって形を失って行く。

ゴオオオと燃え盛る炎は、断末魔の叫びのように聞こえた。しかしそれも、急速に小さくなって行き、やがては消えてしまった。

「非道な振る舞いと、私に対する暴言。貴様の品格は、星一つだな」

ニコライはシャシュカを鞘に納める。パチンという音が、戦いが終わったことを告げていた。

ドラゴンが虚空に消える瞬間に、おれは思い出していた。

あれは、かつてのおれがデザインした、『おれの作ったゲームのキャラクター』だった――。何処かで見たような姿で、性格は『えらそう』って書いてあった気がする。

当時は小学生で、RPGにすっかりハマっていた。小学生の行動範囲なんてたかが知れているが、ゲームのフィールド上では、何処までも行ける気がしていた。

徒歩で草原や砂漠を越え、船で海を越え、飛空艇で空を飛ぶ。地底の洞窟から天空の城まで、色々なところに出かけたものだった。

そんな中、恐ろしい魔物もたくさん居た。仲間とともに、立ち塞がるそいつらを倒すのだ。一人の力は弱いけど、仲間と一緒ならば心強かった。

「あの時から、自分でゲームを作ってみたいと思ってたんだよな……」

授業中、ノートの隅に落書きをしていた。ともに旅をする仲間達や、往く手を阻む魔物を。あの真っ黒なドラゴンは、その中のラスボスだった。人間の心の闇から生まれ、世界を闇で閉ざしてしまおうとしているという設定だった。

そのドラゴンを、自らの手で倒してしまうとは。いや、きっちり倒したのは、ニコライだけど。

「……あの時のノート、まだ残ってるかな」

久々に実家に帰ろうか。その時に夢中になっていたゲームも、まだあるかもしれない。

「コーイチ。いい顔をしているな」

ニコライはおれの肩を叩く。

その手のひらは相変わらず、冷たくも頼もしく、そして、親しみがあるものになっていた。

「うおぉぉ！　我妻ぃぃ！」

おれ達の間に、小瀬村が割って入る。そう言えば、こいつのことを忘れていた。

「お前らが助けてくれなかったら、俺はどうなっていたことか！　お前がこんなに上司想いだったとは、俺は感動したぞ！」

「は、はあ……」

涙を浮かべながら暑苦しく迫る小瀬村から、そっと目をそらした。

「ラーメンが云々と言っていたな。お前には、後で奢ってやろう！　むしろ、社長に言って、プロジェクトのサブマネージャーの座を与えてやろうか！」

小瀬村はおれの手を摑もうとする。しかし、おれはそっとそれを辞退した。

「我妻？」

空振りをした小瀬村は、行き場の無い手をわきわきとさせながら首を傾げる。

「ニコライ。紙とペン、持ってる？」

「ん？　ああ、手帳くらいならば」と、おれ達のやり取りを遠い目で見ていたニコライが応じる。

「悪いんだけど、一枚くれるかな」

「仕方がないな」

ニコライは黒い革に包まれたシックな手帳を取り出すと、メモ用紙になっているページを無造作に破る。

「……おれ、うすうす感じていたけど、ニコライって見た目の割には大雑把だよな」

「貰う立場の奴が、文句を言うな」

いびつに破れたメモ用紙と、手帳とともにポケットに入れられるタイプの細いペンを差し出される。おれは有り難く受け取り、さらさらとペンを走らせた。

「えっと、小瀬村さん」

咳払いを一つし、小瀬村に向き合う。「お、おう」と小瀬村もまた、姿勢を正した。

「これ、おれの気持ちです。受け取ってください」

「な、なんだ、改まって」

何だか、バレンタインデーの告白みたいだな、なんて気持ち悪いことを言いながら、小瀬村は紙を受け取った。

そこには、おれのあんまり綺麗ではない文字で、こう書かれていた。


この度、一身上の都合により、本日をもって退職致します。

我妻浩一

「退職届じゃねーか⁉」

小瀬村は、メモ用紙に書かれたそれを二度見する。
そんな彼に、おれは生まれてから今までの中で、一番と思える笑顔を返す。
「小瀬村さん。おれ、会社辞めます」
さらば、ブラック企業。
さらば、パワハラ上司。
その日、おれは無職になったが、この上なく晴れやかな気分だった。

エピローグ

おれの社会人生活は終わりを告げた。というか、自分で幕を引いてしまった。

明日から、どうやって生きようか。

ひとまず、ハローワークに行こう。失業なんちゃらというのが貰えるかもしれない。

「仕事――は、ネットで探すか。ゲーム会社の求人は、ハロワにあんまり無さそうだし」

おれはソファに寄りかかりながらぼやいた。

今は、大安軒の事務室にいる。会社で彼是と手続きを済ませたので、報告に来たというわけだった。

おれの前には、相変わらずシャバシャバになったコーヒーが置かれていた。

「ドクター、どうしてコーヒーを薄めるんです？」

「え？　エコだよ、エコ。その方が節約になるだろ？」

自分の机の上でキーボードを叩いていたドクターは、にやりと笑うとそう言った。

「味を損ねてたら意味無いと思うんだ……」

それでも、出して貰ったからには飲むけれど。

「そう言えば、ニコライ」

「なんだ」

向かいのソファに腰掛けていたニコライが顔を上げる。澄ました顔でシャバシャバのコーヒーを飲む様は、流石だと思う。

「余談だけど、楠本さんも辞めたんだって」

「彼女が？」

何故、と言わんばかりに、整った片眉を吊り上げる。

「ワイバーンの所為とは言え、会社のものを壊しちゃったからだって。でも、楠本さんもスッキリしたような顔をしてたなぁ……」

「ワイバーンは翼が生えていて飛行する亜竜だ。会社から、逃げる切っ掛けが欲しかったのかもしれないな」

「……そうだな」

おれが生み出したドラゴンも、翼が生えていた。おれもまた、会社から飛び去りたかったのだろう。そして、誰もいないところでのんびりとしたかったのかもしれない。

「まあ、楠本さんは家の近所で仕事を見つけるってさ。早く帰れる条件なら、子供を保育園に迎えに行き易いだろうし」

「その方が、子供のためにもいいかもしれないな」

ニコライは静かに頷いた。

だが、問題は会社の方である。

楠本さんが会社を辞められない理由の一つにもなっていたけれど、果たして、楠本さんがいなくなったあの会社はどうなるのか。勿論、総務部の社員を募集するんだろうけど、それまではどうなるんだろう。ゴミ屋敷と化すのか、それとも、社員が自主的にやるようになるのか。結果だけ知りたいような気がする。

「そ、そう言えば……」

聞かなくてはいけないことがあった。だが、聞く勇気が無かった。まごまごしているうちに、ニコライはこう答える。

「お前の感染源としての力は、お前が気にすることは無い」

「で、でも、ドラゴンは倒せたけど、またおれがストレスを溜めたら、魔物は出て来るし、周りにも迷惑をかけるんだろ？　そんなの、嫌っていうか……」

「安心しろ」

ニコライは、真っ直ぐこちらを見つめる。血のように真っ赤な瞳だったけれど、ガラスのように澄んでいて、美しかった。

「お前は自分に打ち勝った。その実績と、自身が恐ろしい能力を持っているという自覚がある限り、お前の能力は作用しないままだろう」

「自分に、打ち勝った……」

ニコライにそう言われると、余計に恥ずかしかった。だが、誇らしかった。

「だから、お前は普通の生活に戻れ。そして、自分の歩みたい道を往くがいい」

自分のすることに責任を持ったり、人に迷惑をかけないようにしたりというのも、実生活では大事なものだ。おれはその、大事なことさえ実行すればいいらしい。

「さてと。いつまでもお邪魔するわけにはいかないからな……」

コーヒーを飲み干し、ソファから立ち上がる。部屋から立ち去ろうとした時、「コーイチ」とニコライが呼び止めた。

「なに？」

「次の勤め先も、ゲーム会社にするのか？」

「まあ、似て非なるものというか……。テレビゲームの会社だよ。おれが作りたかったのは、そっちのゲームだから」

おれはニコライに苦笑する。

「まあ、未経験者だし、いきなり正社員になるんじゃなくても、バイトからでもやってみたいんだ。ちゃんと、基礎からきっちり教わりたいしさ」

最初は雑用でもいい。でも、少しずつ色々なことを任されて行き、いずれは『名作』と呼ばれるゲームを作りたい。

「そうか……」とニコライは答えた。少しだけ、安堵したように見えた。

「もし、なかなか次の仕事が見つからなかったら、ここに来るがいい。アルバイトとしてならば雇うことも出来よう。と言っても、たいした給料は出してやれんがな」

「えっ、マジで!?　有り難う、ニコライ！」

思わず笑みが零れる。すると、ニコライは顔をそらしてしまった。

「お、お前が、あまりにも危なっかしいからだ。それに、本当にもう大丈夫なのか、見極めたいし……」

「ニコライは疑り深いなぁ……」

つい、眉尻を下げてしまうが、もしかしたら、ニコライなりの優しさと、照れ隠しなのかもしれない。そう考えると、目をそらす様子すら微笑ましかった。まあ、年齢的にはじいさんなんだけど。

「それに、簡単な飯くらいは用意出来るしな」

「それは凄く有り難い！　って、ラーメンを奢ってくれるとかじゃなくて、作るのか？」

「毎日お前に奢ってはいられない」

つまりは、手作りということである。

「ニコライの？」

「いいや。ドクターの」

おれの視線を受けたドクターが、手をひらひらと振る。口にはあの、含み笑いを浮かべていた。

「絶対、味が薄い！」

「安心しなよ。どんなに味が薄いものだろうと、ショーユさえつければ美味しくなる」とドクターは答えた。

「暗に、味が薄いことを肯定してるし！」

ご飯を食べに来るのは、最終手段にしよう。それまでは、何とか自分の力でやりたい。

「……コーイチ、お前の能力だが」

ニコライは、少しばかり迷うようにおれを呼び止める。

「もし、それを利用して社会に貢献したいと思うならば、私に相談しろ。勿論、お前はお前が目指した道を往くのが一番だ。しかし、持っているものを活かすという選択肢もある」

「持っているものを活かす、か……」

おれのおっかない力が誰かのためになるのならば、それはとても嬉しいことだった。

「分かった。まあ、それはまず、進みたい道を歩き出してから考えるよ」

「そうしろ。お前はまだ若いしな」

若々しい外見のおじいちゃんは、しみじみとそう言った。

「それじゃ、また」と今度こそ別れを告げる。そこに、再会の希望を込めて。

「ああ、また。元気でな」

「身体に気をつけてね」

ニコライとドクターは、おれのことを見送ってくれる。

濃い一日だった。ドラゴンにさらわれた上司を助けるために、魔物を退治している連中と会い、しかも、ダンピールと知り合いになるとは。

人生、何があるか分からない。

でも、だからこそ楽しいのかもしれない。

おれが作ったものを通じて、そんなことを伝えられたらいいと思う。プレイした人間が、明日も頑張ろうと思えるようなゲームが作れればいいと思う。

大安軒を後にし、おれは新宿の街に躍り出た。夜の風が心地よい。何処からか、ラーメンの匂いが漂ってくる。

さあ、踏み出そう。まずは、おれの人生を五つ星にするために。

この作品は書き下ろしです。原稿枚数235枚（400字詰め）。

幻冬舎文庫

●最新刊
露西亜の時間旅行者
クラーク巴里探偵録2
三木笙子

弟を喪った晴彦は、料理の腕を買われパリ巡業中の曲芸一座の名番頭・孝介の下で再び働き始めた。頭脳明晰だが無愛想な孝介をひたむきに支え、贔屓筋から頼まれた難事件の解決に乗り出す。

●好評既刊
クラーク巴里探偵録
三木笙子

人気曲芸一座の番頭・孝介と新入り・晴彦は、贔屓客に頼まれ厄介事を始末する日々。人々の心の謎を解き明かすうちに、二人は危険な計画に巻きこまれていく。明治のパリを舞台に描くミステリ。

●好評既刊
ひぐらしふる
有馬千夏の不可思議なある夏の日
彩坂美月

実家に帰省した有馬千夏の身の回りで次々と起こる不可思議な事件は、はたして怪現象なのか、故意の犯罪なのか。予測不能、二重三重のどんでん返しが待ち受ける、ひと夏の青春ミステリー。

●好評既刊
心霊コンサルタント　青山群青の憂愁
入江夏野

怪奇現象を解決してもらうため、貧乏女子大生・花は、心霊コンサルタント・群青を紹介される。冷たく口の悪い群青だが、腕は確か。しかし、彼の陰のある瞳に、花は何か秘密を感じていた――。

●好評既刊
新米ベルガールの事件録
～チェックインは謎のにおい～
岡崎琢磨

廃業寸前の崖っぷちホテルで、次々に起こる不可解な事件。新入社員・落合千代子は、イケメンの教育係・二宮のドSな指導に耐えながらも、事件の真相に迫るが……。本格お仕事ミステリ！

●好評既刊
俺は絶対探偵に向いてない
さくら剛

探偵見習いのたけし。アイドルのストーカー相談では、アイドルとの生遭遇&生接触に興奮し、新興宗教に入信した若者の奪還では自分が洗脳されてしまう。たけしは無事、探偵になれるのか!?

●好評既刊
お口直しには、甘い謎を
高木敦史

腑に落ちないことがあると甘いものをドカ食いしてしまう女子高生のカンナ。ダイエットに勤しむも、彼女の食欲をかき立てる事件が次々と発生。お腹が空くのは事件の予感!? 青春ミステリー小説。

●好評既刊
閻魔大王の代理人
高橋由太

緋色の瞳を持つ蓬莱一馬の前に突然、謎の金髪イケメンが現れる。「王、あなたを迎えに参りました」。一馬は八大地獄のひとつ、等活地獄の王だった。魑魅魍魎が大暴れの地獄エンタメ、開幕!

●好評既刊
白銀の逃亡者
知念実希人

救急救命医の岬純也のもとに、白銀の瞳をもつ美少女・悠が現れる。致死率95%の奇病から生還した「ヴァリアント」である悠は、反政府組織が企む「ある計画」を純也に明かすのだが――。

●好評既刊
不機嫌なコルドニエ
靴職人のオーダーメイド謎解き日誌
成田名璃子

横浜・元町の古びた靴修理店「コルドニエ・アマノ」の店主・天野健吾のもとには、奇妙な依頼ばかりが舞い込んでくる。天野は「靴の声」を聞きながら顧客が抱えた悩みも解きほぐしていく。

幻冬舎文庫

●好評既刊
身体《からだ》を売ったらサヨウナラ
夜のオネエサンの愛と幸福論
鈴木涼美

彼氏がいて仕事があって、昼の世界の私は幸せだけど、それでは退屈で、「キラキラ」を求めて夜の世界へ出ていかずにいられない。引き裂かれた欲望を抱えて生きる現代の女子たちを鮮やかに描く。

●好評既刊
ドS刑事
桃栗三年柿八年殺人事件
七尾与史

慰安旅行のために〝いつになく〟事件をスマートに解決した黒井マヤ。彼女が提案した旅行先は、父の黒井篤郎がかつて難事件に遭遇した町だった。24年の時を超えて、父と娘の二つの事件が交差する。

●好評既刊
我が闘争
堀江貴文

23歳で起業して以来、世間の注目を浴び続けた時代の寵児は、やがて「拝金主義者」というレッテルを貼られ、突然の逮捕で奈落の底へ——。納得できないことと闘い続けた著者の壮絶な半生。

●好評既刊
完璧な母親
まさきとしか

最愛の息子が池で溺死。母親の知可子は、息子を産み直すことを思いつく。同じ誕生日に産んだ妹に兄の名を付け、毎年ケーキに兄の歳の数の蠟燭を立てて祝い……。母の愛こそ最大のミステリ。

●好評既刊
伊藤くん A to E
柚木麻子

美形、ボンボン、博識だが、自意識過剰で無神経な伊藤誠二郎。振り回される女性たちが抱く恋心、苛立ち、嫉妬、執着、優越感。傷ついても立ち上がる女性たちの姿が共感を呼んだ連作短編集。

もしもパワハラ上司《じょうし》が
ドラゴンにさらわれたら

蒼月海里《あおつきかいり》

平成29年1月25日　初版発行

発行人――石原正康
編集人――袖山満一子
発行所――株式会社幻冬舎
〒151-0051東京都渋谷区千駄ヶ谷4-9-7
電話　03(5411)6222(営業)
　　　03(5411)6211(編集)
振替00120-8-767643
印刷・製本―中央精版印刷株式会社
装丁者――高橋雅之

幻冬舎文庫

ISBN978-4-344-42565-1　C0193　　あ-61-1